古典文獻研究輯刊

二三編

曾永義主編

第24冊

石麟文集（第七卷）：閒書謎趣（選本）（下）

石麟著

國家圖書館出版品預行編目資料

石麟文集（第七卷）：閒書謎趣（選本）（下）／石麟 著 -- 初版 -- 新北市：花木蘭文化事業有限公司，2021〔民 110〕

目 4+150 面；19×26 公分

（古典文學研究輯刊　二三編；第 24 冊）

ISBN 978-986-518-363-9（精裝）

1. 中國小說 2. 中國文學史 3. 文學評論

820.8　　110000437

古典文學研究輯刊

二三編　第二四冊　　ISBN：978-986-518-363-9

石麟文集（第七卷）：閒書謎趣（選本）（下）

作　　者　石　麟

主　　編　曾永義

總 編 輯　杜潔祥

副總編輯　楊嘉樂

編　　輯　許郁翎、張雅淋　美術編輯　陳逸婷

出　　版　花木蘭文化事業有限公司

發 行 人　高小娟

聯絡地址　235 新北市中和區中安街七二號十三樓

電話：02-2923-1455／傳真：02-2923-1452

網　　址　http://www.huamulan.tw 信箱 service@huamulans.com

印　　刷　普羅文化出版廣告事業

初　　版　2021 年 3 月

全書字數　193580 字

定　　價　二三編 31 冊（精裝）台幣 82,000 元

石麟文集（第七卷）：
閒書謎趣（選本）（下）

石麟　著

目次

上冊

下　冊

「人事」是什麼東西？

對於古書中的「人事」一詞，工具書有以下幾條解釋：

第一，人世間各種事情。如《史記・太史公自序》：「夫《春秋》，上明三王之道，下辨人事之紀。」

第二，人力所能及的事。如《六韜・農器》：「戰攻守禦之具，盡在於人事。」

第三，人情事理。如《史記・秦始皇本紀》：「是以君子為國，觀之上古，驗之當世，參以人事。」

第四，泛指人的意識的對象。如不省人事，人事不知。

第五，人為的動亂。如《漢書・吳王劉濞傳》：「諸侯皆有背叛之意，人事極矣。」

第六，指仕途。如《南史・臧燾傳》：「頃之去官，以父母老家貧，與弟熹俱棄人事，躬耕自業。」

第七，說情請託，交際應酬。如《後漢書・黃琬傳》：「時權富子弟，多以人事得舉。」

第八，指贈送的禮物。白居易《讓絹狀》：「恩賜田布與臣人事絹五百匹。」

第九，指男女情慾。楊文奎《兒女團圓》第二折：「如今長成十三歲，也曉的人事。」

本文所討論的「人事」，主要指的是第八、第九條含義。因為第八條的「人事」其實就是某些「東西」，而又有一種特殊的物質的「人事」與第九條相關。

具體而言，作為一種「東西」的人事，其實就是禮品。說到「人事」是禮品，人們印象最深的是《西遊記》寫西天佛地最有名的尊者阿儺無恥地向窮和尚唐僧索要「人事」的場景：

> 二尊者復領四眾，到珍樓寶閣之下，仍問唐僧要些人事。三藏無物奉承，即命沙僧取出紫金缽盂，雙手奉上道：「弟子委是窮寒路遙，不曾備得人事。這缽盂乃唐王親手所賜，教弟子持此，沿路化齋。今特奉上，聊表寸心，萬望尊者不鄙輕褻將此收下，待回朝奏上唐王，定有厚謝。只是以有字真經賜下，庶不孤欽差之意，遠涉之勞也。」那阿儺接了，但微微而笑。被那些管珍樓的力士，管香積的庖丁，看閣的尊者，你抹他臉，我撲他背，彈指的，扭唇的，一個個笑道：「不羞，不羞！需索取經的人事！」須臾把臉皮都羞皺了，只是拿著缽盂不放。（第九十八回）

在中國古代小說中，「人事」泛指「禮物」的例子很多，聊舉數例：

> 不覺光陰早過了四五十日。那管營、差撥得了賄賂，日久情熟，由他自在，亦不來拘管他。柴大官人又使人來送冬衣並人事與他。那滿營內囚徒，亦得林沖救濟。（《水滸傳》第九回）

> 五更時分，興哥便起身收拾，將祖遺下的珍珠細軟，都交付與渾家收管，自己只帶得本錢銀兩、帳目底本及隨身衣服、鋪陳之類，又有預備下送禮的人事，都裝疊得停當。（《喻世明言．蔣興哥重會珍珠衫》）

> 還有奶奶們託著買人事，請先生，常是十來兩銀子打背弓。我尋思一遭兒，不做姑子，還做什麼？（《醒世姻緣傳》第八回）

> 還有些古畫、古鼎、名器、筆筒、各色文房四寶。連寶釵送的零碎人事，可以陳設的，也都精精緻致的擺著。（《後紅樓夢》第三回）

> 且說姚莊進了莊門，先將他幾件東西送與劉公，做了人事。（《續金瓶梅》第五十二回）

一般說來，「人事」都是些微薄的禮品，送禮人謙稱為「小人事」、「菲人事」，即人們平常所說的「小意思」。比較常見的如毛筆、書冊、文具、鏡子、梳蓖、汗巾、絲帶、膝褲、首帕、扇子、手巾、香囊、扇袋、靴帽、圍帶、脂粉、布料、綢緞、頭繩、肥皂、筍鮝、乾菜，豆豉、醬瓜、鹽筍乃至於小孩喜歡的耍孩兒、搖鼓吹笙、竹木奇巧等等，實在來不及或不願購買物事，也可以金錢替代。例如：

「這來旺兒私己帶了些人事，悄悄送了孫雪娥兩方綾汗巾，兩隻裝花膝褲，四匣杭州粉，二十個胭脂。」（《金瓶梅》第二十五回）「起俟其睡熟，即起對舵公曰：『吾非真醉，今將近家，心中憂悶，吃酒不下耳。此相公酒色之徒。大相公在任中，將幾百兩銀打發他歸，在路上嫖用都盡。只帶得幾把筆，幾面鏡歸，與侄子輩作人事耳。』」（《江湖奇聞杜騙新書》十二類《在船騙》）「阿寄得了這個消息，喜之不勝，星夜趕到慶雲山。已備下些小人事，送與主人家，依舊又買三杯相請。」（《醒世恒言．徐老僕義憤成家》）「侄兒高文明照常往來，高愚溪不過體面相待，雖也送他兩把俸金、幾件人事，恰好侄兒也替他接風洗塵，只好直退。」（《二刻拍案驚奇》卷二十六《懵教官愛女不受報，窮庠士助師得令終》）「素姐又看那汗巾，說道：『這汗巾，我卻沒說，是他分外的人事。他要凡事都像這等，我拿著他也當得人待。』」（《醒世姻緣傳》第九十六回）「狄希陳還與素姐二三十兩銀子，叫他隨便買甚麼使用；又收拾了許多汗巾，絲帶，膝褲，首帕，蜀扇，香囊等物，叫他做人事拜見之用。」（同上第一百回）「這王氏與譚紹聞那裡管他，卻有時與趙大兒捎些尺布寸絲的人事，也有時與些油果麵食之類，叫王中與女兒吃。」（《歧路燈》第五十四回）「姚三官去後，鮑良取出銀包，稱了一錢人事包好。等候姚三官轉來，唱一個喏兒，雙手送去。」（《錦繡衣》第二戲《移繡譜》第二回）「大爺道：『昨日鮑師父說，來官你家最好看水，今日特來望望你。還有幾色菲人事，你權且收下。』家人挑了進來。」（《儒林外史》第四十二回）

當然，也有的「人事」相當貴重，那要看是誰送的？送給什麼人？出於什麼目的？在什麼樣的境況下「出手」的？例如：

> 燕青道：「主人再三上復媽媽，啟動了花魁娘子。山東海僻之地，無甚希罕之物，便有些出產之物，將來也不中意。只教小人先送黃金一百兩，與娘子打些頭面器皿，權當人事。隨後別有罕物，再當拜送。」（《水滸傳》第七十二回）

《水滸傳》中的梁山頭號首領宋江送給全國頭號名妓李師師的「人事」相當昂貴，竟是「黃金一百兩」，而且還是首批，而且「隨後別有罕物，再當拜送」。一個「盜魁」何以如此看重一個「花魁」，要在她面前如此表情達意呢？因為這位花魁娘子的「孤老」乃是當時天下第一嫖客——「聖明」天子宋徽宗。宋江是希望通過李師師給宋徽宗吹吹枕頭風，讓這位風流天子認識到梁山好漢都是順民，能夠讓他們一體招安。原來，送「大人事」給「大人物」是為了幹「大事情」的。

為了說明問題，我們不妨再看《金瓶梅》中的西門慶送給相府管家翟雲峰的「人事」，那也是相當「出色」的：

> 其書曰：「……外具揚州綯紗汗巾十方，色綾汗巾十方，揀金挑牙二十付，烏金酒鍾十個，少將遠意，希笑納。」西門慶看畢，即令陳敬濟書房內取出人事來，同溫秀才封了，將書謄寫錦箋，彌封停當，印了圖書。另外又封五兩白銀，與下書人王玉，不在話下。（《金瓶梅》第六十七回）

就連送禮的具體操作者，都有五兩白銀的辛苦費，這在《金瓶梅》的世界裏可是差不多能買到一個十幾歲小姑娘生命的價錢。可知這趟任務的重大，亦可知這次「人事」的厚重。

有時候，小說作者乾脆明確指稱某些禮物為「大人事」、「厚人事」，與前面講到的「小人事」「菲人事」遙遙相對。請看二例：

> 菩薩聽說，心中大怒道：「那潑妖敢變我的模樣！」恨了一聲，將手中寶珠淨瓶往海心裏撲的一摜，唬得那行者毛骨竦然，即起身侍立下面，道：「這菩薩火性不退，好是怪老孫說的話不好，壞了他的德行，就把淨瓶摜了。可惜，可惜！早知送了我老孫，卻不是一件大人事？」（《西遊記》第四十二回）

> 科舉租屋，歷科皆然，誰知有大棍行此術？其欲獨租，不令租他人，猶是常情。惟初至時送厚人事，主必設席相待，理固然也。旋即回席，又且甚豐，一家婢僕皆有酒，即有意投毒矣。（《江湖奇聞杜騙新書》十類《盜劫騙》）

既知「人事」有大、小、厚、菲之別，我們下面就再來看看這些「人事」在中國古代的人們日常生活中具有哪些作用。或者換一個角度，中國古代小說是怎樣描寫人們日常生活中「人事」的功能的？

首先是，在當地或異地拜訪他人時，最好帶點人事作「見面禮」，即便是老熟人重新相會時，也往往的帶點人事以為「見面笑」。

「這柳世權卻和東京城裏金梁橋下開生藥鋪的董將士是親戚，寫了一封書札，收拾些人事盤纏，齎發高俅回東京，投奔董將士家過活。」（《水滸傳》第二回）「西門慶在廳上坐著，叫過來旺兒來：『你收拾衣服行李，趕明日三月二十八日起身，往東京央蔡太師人情。回來，我還打發你杭州做買賣去。』這來旺心中大喜，應諾下來，回房收拾行李，在外買人事。」（《金瓶梅》第二十五回）「興哥上路，心中只想著渾家，整日的不瞅不睬。不一日，到了廣東地方，下了客店。這夥舊時相識都來會面，興哥送了些人事。排家的治酒接風，一連半月二十日，不得空閒。」（《喻世明言．蔣興哥重會珍珠衫》）「先前這十兩盤纏銀子，張進便要分用，程萬里要穩住張進的心，卻總放在他包裹裏面，等到鄂州，一齊買人事送人。」（《醒世恒言．白玉娘忍苦成夫》）「禹明吾道：『這有甚麼難省？這樣人，到了一個地方，必定先要打聽城裏鄉宦是誰，富家是誰，某公子好客，某公子小家局，揀著高門大戶投個拜帖，送些微人事。沒的他有折了本的？』」（《醒世姻緣傳》第四回）

其次，或遊宦、或求學、或經商、或旅遊，甚至上個香兒、投個親兒，……總之是凡出遠門者，回家時都要帶一點「人事」作為給家裏各色人等或鄰居友人的「接禮」。且看這些五花八門、菲厚不一的接禮：

> 八戒道：「送行必定有千百兩黃金白銀，我們也好買些人事回去，到我那丈人家，也再會親耍子兒去耶。」（《西遊記》第九十四回）
>
> 數月後，官人家中信到，催那官人去，恐在都下費用錢物。不只一日，幹當完備，安排行裝，買了人事，雇了船隻，即日起程，取水路歸來。（《警世通言．計押番金鰻產禍》）
>
> 眾員外遊山都了，離不得買些人事，整理行裝，廝趕歸來。（《醒世恒言．鄭節使立功神臂功》）
>
> 徐言二人聽了，不覺暗笑，答道：「這到不消你叮囑，只要賺了銀子回來，送些人事與我們。」阿寄道：「這個自然。」（《醒世恒言．徐老僕義憤成家》）
>
> 都氏道：「我們下船得忙了，忘了一件正事：昨日成茂的兒子聽見我進香，他要個耍孩兒，我便應許了他。如今到不曾著你們買得幾個，做做燒香人事也好。」何氏道：「正是。我也忘了，我家小兒子也說要些搖鼓吹笙，如今一件也不買得。」（《醋葫蘆》第二回）

只有秋鴻在傍嘻嘻哈哈的鬥嘴玩耍，對忠賢道：「你說娘的珠子當在涿州，你去燒香沒人事送他罷了，怎麼他的珠子也不贖來與他？」（《檮杌閒評》第三十回）

小二道：「秦爺，沒有耽擱。我們這裡，蔡太爺是一個才子，明日早堂投文，後日早堂就領文。爺在小店，止有兩日停留。怕秦爺要拜望朋友，或是買些什物土儀人事，這便是私事擔閣，與衙門沒有相干。」（《隋唐演義》第六回）

過了幾日，把王中叫到樓門，說道：「東街舅爺回來，還送了些人事東西兒，咱也該備一盅酒請舅爺，接接風。」（《歧路燈》第二十八回）

蘭生道：「寄娘你不知道，妹妹巴巴的遠路回來，必定有人事送給人家。」程夫人道：「果真沒有，他買的東西，我都見過了。」雙瓊笑道：「這件東西，是安南山上花梨木做的。」程夫人也信了，便道：「究竟什麼東西？」蘭生道：「必定是文具，快請賜給我罷。」明珠等也不懂了，雙瓊吱吱的笑道：「果然是文具，但是一支打手心的戒尺，要給楊先生打你的手心。」眾人聽了都笑起來，蘭生方知是頑話，只得訕訕的罷了。（《海上塵天影》第三章）

當然，「人事」在更多的情況下還是用於親戚朋友之間的禮尚往來，親朋之間，只要有一點什麼事兒，都可送點「人事」來「重溫」親情、友情。即便不住在同一地方，也可託人帶一點「人事」遙相致意。且看：「那日孟玉樓兄弟孟銳做買賣來家，見西門慶這邊有喪事，跟隨韓姨夫那邊來上祭，討了一分孝去，送了許多人事。」（《金瓶梅》第六十五回）「飲酒中間，和楊大郎說：『夥計，你暫且看守船上貨物，在二郎店內略住數日。等我和陳安拿些人事禮物，往浙江嚴州府，看看家姐嫁在府中。多不上五日，少只三日就來。』……這陳敬濟千不合萬不合和陳安身邊帶了些銀兩、人事禮物，有日取路徑到嚴州府。」（同上第九十二回）「胡旦打開行李，取出梁生與他母舅的家書，並捎寄的人事；胡旦也有送他的筍鯗等物，同了蘇家一個院子，要到劉錦衣家，約了晁書二人同往。」（《醒世姻緣傳》第五回）「安太太和金、玉姐妹，另有送褚大娘子並給她那個孩子的東西，又有給她那位姑奶奶帶去的人事，老頭兒看了十分喜歡。」（《兒女英雄傳》第三十二回）「老爺得些閒空，便先打發了鄧九公的來人，又給他父女帶去些人事。」（《兒女英雄傳》第

二十三回）

有時候，真正討得對方歡喜的「人事」，除了分量「厚重」以外，還有一種就是「因地制宜」——那些具有地方特產性質的禮品，古人又叫做「土儀」。

一僕出引公子，乘四轎。帶四僕並一小廝來。行李五六擔，皆精好對象，到即以土儀送家主，又值銀二三兩。（《江湖奇聞杜騙新書》十類《盜劫騙》）

那日正去吏部點卯，恰好駱校尉從湖廣出差回來，帶了些湖廣人事，來望童奶奶合狄希陳。（《醒世姻緣傳》第八十三回）

送了韋美許多土儀之物，謝不盡他昔日看顧送回之義。韋美收了人事，叫他的細君速忙設酌款待。……匆匆吃完了酒飯，告辭回船。韋美收拾了許多乾菜，豆豉，醬瓜，鹽筍，珍珠酒，六安茶之類，叫人挑著，自己送上船去。（《醒世姻緣傳》第九十四回）

秋鴻道：「……你去燒香，帶了甚麼人事來送我的？」忠賢道：「可憐那是個甚麼地方，還有物事送人？」秋鴻道：「你從毛廁上過，也要拾塊乾屎的人，難道地方官就沒有物事送你的？好一個清廉不愛錢的魏公公，專一會撇清。」忠賢道：「有！有！有！那裡出得好煤炭，送幾擔與你搽臉。」（《檮杌閒評》第三十回）

巫義笑說道：「朋友相與那有個定理。既今日擾了這位老哥，明日到幽州帶些人事來相送，就是往來了。」陶春道：「還是這位牌頭大方！」遂拉了二人到酒樓上來。（《後水滸傳》第十九回）

場事完了，走到書鋪裏，買了些南京人事，星夜回家。（《風流悟》第五回）

他自己收拾行李衣服，又買了幾件南京的人事：頭繩、肥皂之類，帶與衙門裏各位管家。（《儒林外史》第二十五回）

因取過小衣褡兒，提出一包笑道：「這是舅爺在江南與你帶的四件小人事兒。那一頭是你奶奶與你媽娘的人事，你都拿的去。回來與舅爺作揖。」（《歧路燈》第五十回）

又購了些浙江土物，自己家裏是五鳳冠一頂，七事荷包霞帔一領，上奉萱堂；綢緞為巫氏、冰梅衣服；書冊是篔初的覽誦；竹木

奇巧是用威的耍貨；首帕，手巾，香囊，扇袋，梳蓖，是使婢們的人事；靴帽圍帶等件，是僕廝輩的犒賞。（同上第一百零六回）

你看，幽州的、浙江的、南京的、江南的、湖廣的、涿州的……，天南地北，到處都有土儀，都可以用來作為「人事」送人。這些土儀，一般花不了幾個錢，卻能買得接受者的青睞。為什麼，人們普遍好奇，沒見過的新鮮的玩意兒當然是好的，帶有地方氣息的玩意兒當然也是好的。更何況，這裡面還隱藏著一份「千里送鵝毛，禮輕情意重」的人文意味哩！

送「土儀」，是最具有人情味的「人事」了。但另一種人事，卻是極其反「人情味」的，或者說，是極其表現人性弱點的。那就是帶有巴結討好乃至行賄索賄性質的禮品。

一個小戲子，得了一個紈絝子弟的銀子，為了取悅這一家的上上下下，他經常向他們進獻「人事」。通過這個討好賣乖的少年，我們看到的是「人事」的墮落：「這九娃有紹聞與的銀子，外邊唱一棚戲回來，必定買人事送奶奶，雙慶、德喜兒也都有些小東西贈送。所以人人喜他。」（《歧路燈》第二十四回）

一個由縣衙門押司而淪為囚犯的好漢，在戒備森嚴而又冷酷冰涼的牢房之中，也只有用「人事」來標誌自己人格的下降：「宋江又自央浼人情。差撥到單身房裏，送了十兩銀子與他；管營處又自加倍送銀兩並人事；營裏管事的人並使喚的軍健人等，都送些銀兩與他們買茶吃。因此無一個不歡喜宋江。」（《水滸傳》第三十七回）

更可惡者，先前在《西遊記》中曾經勒索過唐僧「人事」，使唐僧不得不交出去西天沿途討飯的紫金缽盂的阿儺、迦葉二位「尊者」，當唐玄奘在《後西遊記》中要到東土大唐「招聘」接班人來西天求取「真解」的時候，居然厚顏無恥地開通了敲詐勒索的「預警方案」。這，應該是那時的小說作家展示給我們的人世間的投影——西天聖地最卑鄙的一幕：

唐三藏領了木棒，命孫悟空執著，又合掌禮佛三匝，而後退去。才走離寶殿不遠，後面阿儺、迦葉趕來說道：「你前番取經，你說不知道規矩，不曾帶得人事，只送我一個紫金缽盂，輕賤取去，所以度不得世，救不得人。今番求取真解人來，須先與他說明，須多帶些人事來送我，方有真解與他。若不帶來，莫怪臨時措勒。」（《後西遊記》第五回）

這真是強盜邏輯！求取真經也罷，求取真解也罷，所靠的居然不是信心與耐力，居然不是虔誠和頂禮，而是「人事」，那誘人的罪惡的「人事」！而且，這兩位「尊者」索起賄來，居然是這樣明目張膽，這樣理直氣壯，這樣義正詞嚴，這樣地充滿了威脅！無怪乎——天國聖地尚且如此，人間塵寰當然更是這樣了。索賄的「人」，大概都是這些索賄的神靈尊者「遺傳」的。

以上，我們介紹了「人事」作為「禮物」的一般含義。但有一些特殊情況還得加以說明，以免我們犯小說中人物相同的錯誤。

人事再貴重，也只是一般的禮品，與信物是無法相比的。在一本古代小說作品中，有一個叫做衾兒的女子，誤會了一個書生的意思，或者說，是這個書生在某種意義上欺騙了她的感情。其間的關鍵就在於男人送給女人的那一枝簪兒到底是「人事」還是「信物」。

> 衾兒見說起決絕話來，也就應道：「我若受了你的，自古才郎薄倖，倘若你另有中意的去了，懊悔起來，還是我守著你，還是送簪還你？」楚卿見他說得斬釘截鐵，只得詭一句道：「不瞞兩位說，我舍間原有些家私，因夢見一個神人吩咐云：『才子與佳人，姻緣上蔡城。』故此我到這邊。偶然說起投進這句話，對小姐也講得的，哪希罕這一根簪兒？又不是聘兒，又不是下定，不過送與姐姐做些人事。就是姻緣，成不成，也情願送與姐姐插戴的，為何不受？況且夢中之話，我也不過試試耳，原不作準。方才姐姐講把這句話丟開，極有主意的，但要姐姐早晚替我用情些就是了。」衾兒應道：「如此我權收了。」放在荷包裏。（《情夢柝》第三回）

這位楚卿相公所說的話，完全是「兩解」的，是含糊不清的。筆者甚至懷疑楚卿是否專門進修過「模糊語言學」的課程，用這樣恰到好處的語言使得那位可憐蟲一般的癡情女兒將那不知是信物還是人事的「簪兒」收下了。結果呢？當然是書生進退自如，而女子卻吃虧上當了。且看楚卿將衾兒「轉讓」給自己的朋友——另一位書生以後，這位弱女子大夢初醒時的憤怒：

> 衾兒一頭哭，一邊腰裏取出鑰匙，把楚卿對面擲去，幾乎打著。又頭上拔下紫金通氣簪，擲在楚卿面前道：「啐！我原來在夢裏。」楚卿道：「我當初原說送與姐姐做人事，不是聘儀，後在小姐房中出來，姐姐說我未得隴先望蜀了，我說隴也未必得，我原來講開的，你自錯認了。」楚卿地下拾起簪來，衾兒忽走近身劈手奪去，

見桌上有石硯一方，將紫金通氣簪放在花梨木天然几上亂捶。（同上第十三回）

所以，我們在接受別人「人事」的時候，一定要當心。一定要弄清出這「人事」究竟是什麼東西，它的背後是否隱含著什麼。尤其是女性，如果連人事和信物都分不清，那麼，最後的結果除了「氣衝霄漢」就只有「珠淚漣漣」了。

人事與信物的含糊不清已經令人心驚膽戰了，更令人觸目驚心的是，有人居然將「大活人」作為人事送人：

姚繼……不覺把一團慾火變作滿肚的慈心，不但不懊悔，倒有些得意起來，說：「我前日去十兩銀子買著一個父親，得了許多好處；今日又去幾兩銀子買著這件寶貨，焉知不在此人身上又有些好處出來？況且既已恤孤，自當憐寡，我們這兩男一女都是無告的窮民，索性把鰥寡孤獨之人合來聚在一處，有什麼不好？況且我此番去見父親，正沒有一件出手貨，何不就將此婦當了人事送他，充做一房老妾，也未嘗不可。雖有母親在堂，料想高年之人無醋可吃，再添幾個也無妨。」（《十二樓・生我樓》第三回）

其實，這是李笠翁千百次「惡謔」中的一次。那買來的「寶貨」其實就是姚繼的母親，那即將接受「寶貨」的養父其實也就是姚繼的生父。將母親買回來作為「人事」送給父親，這樣的絕活，只有李漁可以製作；這樣的奇思妙想，只可能誕生在李笠翁那聰明的腦瓜子中間。但無論如何，這是一種無聊，也是對「人事」最無聊的運用！

李漁的賊智往往體現為一種輕薄的風趣，但並非所有的小說都是如此。有的作品在表面的遊戲筆墨之中，卻往往蘊涵著深刻的含義。例如，從某種意義上講，人事就是妖精！

《三寶太監西洋記通俗演義》第八回，寫金碧峰長老要「非幻」「雲谷」去看一群妖精究竟是什麼對象。非幻雲谷不太清楚，長老便一一提醒：「你便忘卻也，補陀山上北海龍王的人事。」「你忘卻了補陀山南海龍王的人事。」「你又忘卻了補陀山西海王的人事。」「你又忘卻了補陀山東海龍王的人事。」隨後，作者交代了這四大「人事」變成的四大「妖精」的來歷：「原來這四處的妖精，都是四樣的寶貝，這四樣的寶貝，都是四海龍王獻的。金碧峰長老原日分付他南膳部洲伺候，故此今日見了，他各人現了本相。」

筆者實在不知道，《三寶太監西洋記通俗演義》的作者在寫「人事」原來是「妖精」的時候到底是有意還是無意。但無論如何，這一描寫從客觀上道出了一個真相，在古往今來的社會生活中，那種行賄受賄的「人事」何嘗不是「妖精」呢？因為它最終會「吃掉」你！即便吃不掉你的肉體，也會吃掉你的魂靈！

「人事」是什麼東西？是一種可愛的東西，也是一種可怕的東西，同時，還有一種「人事」更是一種可鄙的東西——淫器。這也就涉及到了本文開頭對「人事」釋義的第九條，它正是那種滿足男女間那點事的東西。先看小說家對這種「人事」的初步介紹：

> 卻說李瓶兒招贅了蔣竹山，約兩月光景。初時，蔣竹山圖婦人喜歡，修合了些戲藥，買了些景東人事、美女相思套之類，實指望打動婦人。不想婦人在西門慶手裏，狂風驟雨經過的，往往幹事不稱其意，漸生憎惡。反被婦人把淫器之物，都用石砸的稀碎，丢吊了。（《金瓶梅》第十九回）

> 月娥笑道：「你這般說起，世上的青春寡婦、年少尼姑，花前月下，枕冷衾寒，未免芳心感動，難道皆成勞怯症麼？」王媽聽了大笑起來說道：「那寡婦尼姑，有的不正經的便偷漢子，有的正經女人卻有個極妙的法兒，比了偷漢子還勝十倍，比那有男人更還有趣，而且格外快活。怎會成病？」月娥笑道：「這事還有什麼妙法？」王媽媽道：「這個法，大娘諒不曉得，卻是外洋來的，名叫人事。我自三十歲嫁了人，不上一年我男人故世，直到今日做了二十多年的寡婦，從沒偷過漢子，幸虧的這件東西，逍遙日常夜的淒涼。」《七劍十三俠》第三十九回）

這裡有幾點值得注意，第一，「人事」是一種淫器。第二，這種淫器是從「外洋來的」。第三，這種淫器叫做「景東人事」。那麼，這種東西是個什麼樣子呢？它是否還有別的稱謂呢？有的：

> 兩個在燈市上閒玩，只見：「……異寶傳來北虜，奇珍出自南倭。牙籤玉軸擺來多，還有景東奇大。」王奶奶見了景東人事，道：「甚黃黃，這等怪醜的。」余姥姥道：「奶奶，這是夜間消悶的物兒。」（《型世言》第十二回《寶釵歸仕女，奇藥起忠臣》）

> 又將那第三個抽斗扭開，裏面兩三根「明角先生」，又有兩三

根「廣東人事」，兩塊「陳媽媽」，一個白綾合包，扯開裏面盛著一個大指頂樣的緬鈴，餘無別物。（《醒世姻緣傳》第六十五回）

才堆到第二床被，覺著有一種硬邦邦的東西在被裏，伸手進去，取出來一看，原來是一個廣東人事，上面拴著兩條紅綾帶子。紅葉看那品兒不甚文雅，登時面熱心跳，趕忙替他仍放在被裏，又將那一床松花夾綢被取起來，才要堆上去，覺著裏面也有一件東西。紅葉想道：「又是那件好東西？」由不得心旌大動，覺著一股熱氣直沖了下去，身子甚為鬆快。趕忙將手在裙子裏摸了一摸，誰知那銀紅單綢褲子早已濕透。（《紅樓復夢》第二十九回）

馮媽媽又說：「大娘子你不會法。我那年輕時乍沒了丈夫，成幾夜家睡不著。後來叫我買了個廣東人事。到想起丈夫來的時候，拿出來用用，便睡著了。」……玉樓聞聽馮媽媽之言，臉上紅了一陣。說道：「那樣東西，我們如何能買？」馮媽媽說：「大娘子若不棄嫌，待我與你買一個來。」玉樓說：「你就與奴代買一個，但不知得多少錢？」馮媽媽說：「這樣東西，不得一樣，有長的、有短的、有大的、有小的，不知大娘子用那一等？」（《碧玉樓》第九回至第十回）

原來，「廣東人事」、「景東人事」，就是分別從廣東或景東傳來的一種「人事」。廣東是哪裏，自不待言。而所謂景東者，亦乃地名，屬雲南省，元代至元十二年置開南州，明洪武十五年改為景東府。這種「人事」具有以下特點：「黃黃」的，以「根」論，「上面拴著兩條紅綾帶子」，其品像有「文雅」與否的區別，有長短大小不同的型號，有的年輕女人看見這種東西會產生性衝動。綜合以上各點，所謂景東人事或廣東人事，其實就是一種仿男性生殖器一類的東西。

「人事」是什麼東西？除了一般的解釋以外，它還是禮品，是土儀，是贓物，是「妖精」，是「淫器」……。

鬧了半天，竟然是這麼一個結果。

真「粗鹵」與真「癡」

在中國古代小說中，有三位「嬌憨」得有點兒「癡」的女性形象。一是《聊齋誌異》中的嬰寧，二是《紅樓夢》中的史湘雲，三是《蕩寇志》中的陳麗卿。三人都有令人難忘的嬌憨的表現，令古往今來的讀者大為喜愛。然而，要說三人之中最為嬌癡者，卻是嬰寧，因為她連什麼是「癡」都不知道，真可謂「癡」之極致。且看以下這段描寫：

> 生俟其笑歇，乃出袖中花示之。女接之曰：「枯矣。何留之？」曰：「此上元妹子所遺，故存之。」問：「存之何意？」曰：「以示相愛不忘也。自上元相遇，凝思成疾，自分化為異物；不圖得見顏色，幸垂憐憫。」女曰：「此大細事，至戚何所靳惜？待郎行時，園中花，當喚老奴來，折一巨捆負送之。」生曰：「妹子癡耶？」女曰：「何便是癡？」曰：「我非愛花，愛拈花之人耳。」女曰：「葭莩之情，愛何待言。」生曰：「我所為愛，非瓜葛之愛，乃夫妻之愛。」女曰：「有以異乎？」曰：「夜共枕席耳。」女俯首思良久，曰：「我不慣與生人睡。」(《聊齋誌異．嬰寧》)

其實，換一個角度看問題，所謂「癡」也就是一種真性情。這種真性情有兩大特點，一是真情實感毫無遮攔的表露，二是執著得近乎惑溺。一個胸有城府的人可以認為這是一種幼稚甚至是一種弱智，但這種幼稚甚或弱智卻正是人生最為可貴的東西，是人性的底蘊。嬰寧這一人物之所以可愛，主要就是因為這種「癡」。更有意思的是，「癡」得可愛而又不知道什麼是「癡」的嬰寧卻有一位老祖宗，那就是《水滸傳》中的李逵。那位黑爺爺真正是天地間最粗鹵的漢子，因為他居然連什麼是「粗鹵」都不知道。且看：

> 李逵看著宋江，問戴宗道：「哥哥，這黑漢子是誰？」戴宗對宋江笑道：「押司，你看這廝恁麼粗鹵，全不識些體面！」李逵便道：「我問大哥，怎地是粗鹵？」戴宗道：「兄弟，你便問請『這位官人是誰』便好。你倒卻說『這黑漢子是誰』。這不是粗鹵，卻是什麼？我且與你說知，這位仁兄便是閒常你要去投奔他的義士哥哥。」李逵道：「莫不是山東及時雨黑宋江？」戴宗喝道：「咄！你這廝敢如此犯上，直言叫喚，全不識些高低！兀自不快下拜，等幾時！」李逵道：「若真個是宋公明，我便下拜。若是閒人，我卻拜甚鳥。節級哥哥不要瞞我拜了，你卻笑我！」宋江便道：「我正是山東黑宋江。」李逵拍手叫道：「我那爺！你何不早說些個，也教鐵牛歡喜！」撲翻身軀便拜。（《水滸傳》第三十八回）

或許有人會嘲笑筆者被蒲松齡和施耐庵瞞過，因為嬰寧的「癡」和李逵的「粗鹵」背後不是都隱藏著些許狡黠嗎？就算是這樣，筆者也堅定地相信嬰寧是真「癡」、李逵是真「粗鹵」。更何況，筆者的認識還有小說批評家金聖歎、何守奇作「靠山」。

金聖歎在《水滸傳》第三十七回有夾批云：「連粗鹵不知是何語，妙絕。讀至此，始知魯達自說粗鹵，尚是後天之民，未及李大哥也。」金聖歎為了說明李逵是真粗鹵，甚至拉出一個也粗鹵得可以的人物魯達來給李山兒墊背。相比較而言，魯達的粗鹵尚有「自知」的成分，李逵才是徹里徹外的純粹的「粗鹵」。

何守奇在《聊齋誌異・嬰寧》的篇末總評中說：「嬰寧憨態，一片天真，過於司花兒遠矣。」何守奇所謂「天真」，與金聖歎所謂「先天之民」（從「後天之民」推出）是一個意思，就是天生的、天然的，自然而然的。

如果嬰寧不「癡」，人世間還有誰更「癡」？同樣，如果李逵不「粗鹵」，天地間還有莽漢子嗎？那些自以為看破了蒲翁、施公筆法的人，認為癡和粗鹵都是他們各自的作者對筆下人物的「藝術包裝」，這種說法在包裝一切的當今社會可能具有些許真理性。可惜的是，他們所拋棄的絕不僅僅是嬰寧和李逵這兩位「真人」形象，而是整個藝術、整個審美，整個的正常思維方式。如果連這樣的真「癡」和真「粗鹵」都不承認，那麼，文學創作還有什麼意思，文學批評還有什麼意思！？

虛張聲勢的吶喊

有三個強盜，躲在一片樹林裏準備「剪徑」——攔路打劫。一直等到黃昏時分，雖然有客人經過，卻是五個人。強盜為了打劫順利，居然想到了虛張聲勢這一招：「只聽得林子內大喊一聲，叫道：『紫金山三百個好漢，且未消出來，恐怕唬了小員外共小娘子！』三條好漢，三條樸刀。唬得五個人頂門上蕩了三魂，腳板下走了七魄。」（《警世通言．萬秀娘仇報山亭兒》）這種虛張聲勢的吶喊，雖然有效果，但氣魄太小，只是嚇慌了幾個平民百姓。並沒有產生排山倒海、動地驚天的氣概。

談到極有氣派的虛張聲勢的吶喊，人們馬上會想到《三國志通俗演義》中張飛在當陽橋頭幾聲大吼，居然吼退了曹操成千上萬的軍隊。

張飛在萬分危急時的吶喊，是非常具有震撼力的。儘管這種吶喊也有虛張聲勢的因素，但並非急中生智，更不是蓄謀已久的，而是出自天然本性。這是人世間危急關頭最威風的吶喊，卻不是緊要時刻最具智慧的吶喊。那麼，在千鈞一髮之際最為機警智慧的吶喊者是那位英雄人物呢？答案是《水滸傳》中的梁山好漢拼命三郎石秀。

> 當案孔目高聲讀罷犯由牌。眾人齊和一聲。樓上石秀只就那一聲和裏，掣著腰刀在手，應聲大叫：「梁山泊好漢全夥在此！」蔡福、蔡慶撇了盧員外，扯了繩索先走。石秀從樓上跳將下來，手舉鋼刀，殺人似砍瓜切菜。走不迭的，殺翻十數個。一隻手拖住盧俊義，投南便走。（第六十二回）

明明是孤身劫法場，而聰明的石秀卻要虛張聲勢高喊「梁山泊好漢全夥在此」。這毫無疑問是對敵人的一種威懾。果然，石秀詭異的「先聲奪人」之法取得了極大的效果，劊子手蔡氏兄弟不是聞聲而逃了嗎？敵人的陣腳不是全都給攪亂了嗎？正因如此，石秀才能「殺人似砍瓜切菜」，才能「一隻手拖住盧俊義，投南便走」，起碼暫時達到了自己劫法場救人的目的。通過這段描寫，我們也可以看出石秀除了有「拼命三郎」的精神的同時，實實在在也是一位頭腦清醒、足智多謀的英雄人物。有了這段描寫，方能使人更加感受到《水滸傳》真乃天下奇書。

名著的力量是無窮的，名著中的著名片斷的影響更是無限的。我們這裡僅舉兩個直接受「劫法場石秀跳樓」影響的片斷為例。

一個是《隋史遺文》中描寫秦瓊單身救李藝一段：

> 叔寶獨自騎著馬趕來，也不知勝的那家軍，敗的那家軍，只聽四圍喊道：「不要放走李藝！」叔寶就知圍在裏邊的是李藝了。乘著建德兵不堤防，提起兩條鐧，泰山壓頂似打下來，直犯重圍。進得圍來，見他父子拼命死戰，叔寶大喊道：「姑爹休慌，秦瓊帶領大唐兵來了。」燕郡王聽了也吃一驚，真是從天而下。起初時兩條鐧殺進，兩條鐧殺出，這番四條鐧混做一處，不知那個是燕郡王。乘□叔寶殺進來的路一齊殺出。二十萬兵，沒個敢來攔當的。及至追來，當不得秦叔寶英雄，尉遲北又點精兵出城接應趕殺。建德又聽說秦瓊帶領唐兵來，怕一時唐兵來助，料不能勝，只得退兵去了。這便是叔寶：武勇已服眾，虛聲又奪人。（第五十五回）

當時秦叔寶只帶「從騎數十人」前往幽州探望姑夫燕郡王李藝，不料在幽州城外碰到竇建德的二十萬人圍著李藝父子剿殺，故而發生了上述精彩的一幕。秦叔寶明明是孤身殺入，卻要高喊「秦瓊帶領大唐兵來了。」出其不意，虛聲奪人，然後趁機救出燕郡王父子。這樣的行為，尤其是那一聲虛張聲勢的吶喊，酷似《水滸傳》中的石秀。當然，這裡描寫的場景更為宏闊，秦瓊面臨的境況較之石秀也更為艱難，但無論如何，這一點精氣神，尤其是那急中生智的吶喊，卻毫無疑問是從《水滸傳》中學過來的。

另一個是《嶺南逸史》中描寫梅映雪一段：

> 梅小姐同梅英坐在廳上，候至三更，輕輕走出反扣了門。見街上巡兵過去，便悄踅至西門。一聲鑼響，見一個將官手執利斧，帶了三百多騎兵飛奔而來。梅小姐急取流星錘從鋪簷下跳將出來，大叫道：「天馬山全夥在此！」聲猶未絕，流錘已到面門，把那將打下

> 馬來。梅英急搶巨斧在手，飛身跳上馬，揮動巨斧把三百騎兵一陣殺退。梅小姐亦奪馬匹器械，飛奔至西門，把那些老弱殺散，斫開城門，放下弔橋，眾將一擁而入。(第十三回)

這裡的梅映雪雖然是個女性，但是她的行為酷似石秀。突如其來，虛張聲勢，攻擊迅猛，行動敏捷。較之《隋史遺文》中的描寫，《嶺南逸史》中的這個片斷更像《水滸傳》，因為他們都是強盜的吶喊，而不是官兵。官兵的喊法總有點文縐縐的：「帶領大唐兵來了。」而不像強盜那麼直截了當，那麼風風火火：「梁山泊好漢全夥在此！」「天馬山全夥在此！」這就是語言的本色、本色的語言。

當然，《水滸傳》的本色是原始的本色，而《嶺南逸史》的本色卻是模仿的本色。因此，只有前者才是真正的本色。在這樣的問題上，是不可能有半點虛假的。

從「盜嫂」到「賣嫂」

在古老的中國，夫妻之間男人比女人大個七八上十歲是正常現象。這樣，就導致了小叔子往往與嫂子年齡不相上下，甚至有的嫂子比叔子還要小那麼幾歲。於是，一種畸形親緣問題就產生了——叔嫂相戲。如果再往前發展一步，就是「盜嫂」現象的發生。

說到「盜嫂」，古人中鼎鼎大名的就是漢初宰相陳平。據《史記．陳丞相世家》載，當漢王劉邦要重用陳平時，絳侯、灌嬰等都跑來進讒言說：「平雖美丈夫，如冠玉耳，其中未必有也。臣聞平居家時，盜其嫂；事魏不容，亡歸楚；歸楚不中，又亡歸漢。今日大王尊官之，令護軍。臣聞平受諸將金，金多者得善處，金少者得惡處。平，反覆亂臣也，願王察之。」

無文的「絳灌」二人對陳平的指責主要有三點：一是生活作風問題，年輕時曾與嫂子有染；二是政治立場問題，事魏、歸楚、歸漢，反覆無常。三是貪贓枉法問題，視部下賄賂的多少而決定是否重用。於是，絳、灌二人得出結論：陳平雖然長得一表人才，其實是金玉其外、敗絮其中，是一個「反覆亂臣」，請漢王一定不要重用。

因為這段話是「讒言」，所以對其真實性要打一個折扣。但筆者認為陳平的這三大污點應該都是存在的。因為《史記》在此後的文字中，並沒有幫助陳平辯解。不僅司馬遷沒有辯解，就是陳平自己也沒有辯解，甚至幫助陳平說話的魏無知還有承認這些事的口吻：「臣所言者，能也；陛下所問者，行也。……楚漢相距，臣進奇謀之士，顧其計誠足以利國家不耳。且盜嫂受金又何足疑乎？」意思是說，多事之秋正是用人之際，只要他有超凡的能力幫你奪取天下就行了。至於他個人品德方面的一些污點，那麼斤斤計較幹什麼？

這實際上是變相承認了陳平有盜嫂受金這樣的事。

陳平盜嫂，究竟是叔子主動還是嫂子勾引，這很難考證。但是，中國古代小說中描寫的一段引人注目的叔嫂關係卻是明明白白地表現了嫂子的勾引。那就是著名的「金蓮戲叔」。

> 那婦人暖了一注子酒，來到房裏，一隻手拿著注子，一隻手便去武松肩胛上只一捏，說道：「叔叔只穿這些衣裳，不冷？」武松已自有五分不快意，也不應他。那婦人見他不應，匹手便來奪火箸，口裏道：「叔叔，你不會簇火，我與你撥火。只要一似火盆常熱便好。」武松有八分焦燥，只不做聲。那婦人慾心似火，不看武松焦燥，便放了火箸，卻篩一盞酒來，自呷了一口，剩下了大半盞，看著武松道：「你若有心，吃我這半盞兒殘酒。」武松劈手奪來，潑在地下，說道：「嫂嫂休要恁地不識羞恥！」把手只一推，爭些兒把那婦人推一跤。（《水滸傳》第二十四回）

金蓮戲叔是以徹底的失敗而告終結，但潘金蓮怎麼也沒有想到，她的這種情不自禁的行為卻在後來的文學史上成為了淫蕩嬌娃的「經典」，並被世世代代演繹下去。

擬話本小說《歡喜冤家》中有一香姐欲勾搭丈夫結義的兄弟鐵廿三，居然引經據典，以編成戲文搬演的「金蓮戲叔」為楷模。且看這一段絕妙的心理描寫：

> 香姐想道：「看這黑黑蠻子不出，倒要想白白得人妻子。若前日不移開，畢竟也難分黑白了。」又想：「我丈夫已是告消乏的了，便得這黑蠻子來，消消白晝也好。」想道：「有計了。有的是金華酒在此，待他明日來，我學一齣潘金蓮調叔的戲文，看看何妨。」又想道：「這黑漢子不要像武二那般做作起來，怎生像樣。」又想道：「差了，那是親嫂嫂，作出來兩下都要問死罪的，為怕死假道學的。我與他有掛礙有何妨。」又笑道：「潘金蓮有一句曲兒，甚是合題，『任他鐵漢也魂銷，落得我圈套』。」到了次日，老崔又去挑柴賣。這香姐煮了一塊大肉，擺下些豆豉腐乾之類，都是金華土產，等著念三。（《鐵廿三激怒誅淫婦》）

武松如果能看到這篇小說，聽到香姐心裏的話，一定會氣得個「一佛出世、二佛涅槃」的。這淫婦自己想戲叔倒也罷了，緣何說我頂天立地、戴髮噙齒的武二郎不受嫂嫂的性騷擾就是「怕死假道學」？活該那「黑黑蠻子」將這等淫婦殺掉。當然，武松是武松，香姐是香姐，他們的道德觀念距離太大，是不能互相理解的。如果武松能理解香姐，那他早就理解潘家嫂嫂了。

將「金蓮戲叔」的故事與「香姐戲叔」的故事作一比較，有趣的現象自然就發生了。武松與潘金蓮是親叔嫂，又加上武松的「頂天立地」，所以金蓮戲叔宣告失敗。而香姐與鐵廿三是「乾」叔嫂，又加上鐵廿三一開始並沒有那樣「戴髮噙齒」，因而香姐戲叔取得了階段性的成功。（因為鐵廿三一旦「頂天立地、戴髮噙齒」起來，就把這個乾嫂嫂兼俏冤家的香姐給殺了。關於這個問題，筆者在另一篇文章《為「王八」而殺「淫婦」的「姦夫」》中已有闡述。）

然而，乾嫂嫂調戲乾叔叔失敗的例子也是有的，如擬話本小說《載花船》卷之二中的一段描寫。書中說南宋初年秀州城外四十里，有茹光先、倪碩臣、廖良輔三人，其父輩為緊鄰，相當和睦。三人各娶妻房，茹娶金玉姐、倪娶葉芸娘、廖娶莫蘭珠。後來，三人一起做生意，乾脆結為異姓兄弟：茹長，倪次，廖又次之。誰知，「性極淫蕩」的二嫂葉芸娘看上了「溫柔真切」的小叔廖良輔，「每以邪語相加，良輔立心忠直，待如親嫂，全不在念」。芸娘急切之中，終於借一次意外的小事向小叔子發動了總攻：

> 湊著腳夫先要稱些銀子，良輔特尋芸娘討取鎖匙。廚房不見，叫到後樓，於燈光之下見芸娘坐在馬桶上小遺。良輔欲待退出房門，芸娘道：「適間到處喊叫，如今又待空手轉去，做個男子漢假惺惺何用？」良輔因樓下無人，腳夫等著，只得帶笑近身，接了忙走。（第六回）

不料，良輔的行為卻引起了二嫂的誤解：「這冤家已是有心。」因此，進行了進一步的挑逗乃至調戲：

> 翻身復至良輔坐處，笑對良輔道：「你先前怎生無禮，我待哥回，須對他說。若要求饒，可下我個禮。」廖良輔道：「我適才因等緊要打發腳銀，來討鎖匙，並沒有得罪嫂嫂，何出此言？」芸娘笑道：「你還口強，為甚我剛小遺，你便悄來瞧我？」良輔道：「急切要匙來用，不及等候，況又是嫂嫂叫進去拿，怎反歸罪於我？」芸娘見暗挑不動，又含笑明言道：「我鬥你耍哩！哥哥不在，我做嫂的，夢魂顛倒，攲枕徘徊，你豈不知？絕不顧我，可忍心至此？」

> 良輔道：「哥哥去多日，不久自歸。嫂嫂莫說這話，外人聞之不雅！」芸娘道：「唯有你在我在，那得外人？非是我做嫂的不存顏面，因見你一表非俗，將來必然發達，意欲結納於未遇之先。況你俊雅可人，不比哥哥粗鹵。世間男人，那肯不偷女色？你莫謂我無媒自獻，故作腔調！」良輔道：「嫂嫂好沒來由，這些說話甚覺無趣。我與哥哥誓同生死，嫂嫂義總無二。叔嫂相姦，即如禽獸。愚叔果不落寞，嫂嫂自非外人，何須結納？我廖元顯雖不讀書，良心自在，嫂嫂再勿多言，反傷兄弟情分！」芸娘還待說些什麼，良輔起身往外徑走。芸娘老大沒興，口裏喃喃吶吶罵道：「短命喬才，好歹不知，做作怎的！終不然天下止有你是男子種，老娘沒你便幹鱉殺了不成？」帶罵帶怒，一直往臥樓而去。（同上）

武松如果看到廖良輔的表現，一定會大加讚揚的，因為良輔對待乾嫂嫂居然如同武松對待親嫂嫂一樣，是那樣義正詞嚴，一絲不苟。

然而，說到底，真正的親叔叔的「盜嫂」遠比干叔叔的「盜嫂」要嚴重得多，因為乾叔嫂畢竟是沒有血緣關係的。在中國古代的傳統道德中，最看重的便是倫理道德，而倫理道德又恰恰是以血緣關係為基礎的。但是，這也並不是說結拜兄弟所造成的叔嫂關係就不值得重視。中國有句古話，叫做「朋友妻，不可欺」，結義兄弟的倫理規格至少要高於一般朋友吧。明確了這一點，我們就會明白《水滸傳》裏另一個姓潘的女人編造的「叔叔戲嫂」事件為什麼會引起那麼慘烈的後果。

這個故事的主人公是楊雄、石秀和潘巧雲。潘巧雲為了與和尚通姦，嫌丈夫楊雄結義的弟弟石秀在家裏礙手礙腳，於是編造了叔叔戲嫂的謊言。

> 那婦人道：「我說與你，你不要氣苦。自從你認義了這個石秀家來，初時也好。向後看看放出刺來。見你不歸時，如常看了我，說道：『哥哥今日又不來，嫂嫂自睡也好冷落。』我只不採他。不是一日了。這個且休說。昨日早晨，我在廚下洗脖項。這廝從後走出來，看見沒人，從背後伸隻手來摸我胸前道：『嫂嫂，你有孕也無？』被我打脫了手。本待要聲張起來，又怕鄰舍得知笑話，裝你的望子。巴得你歸來，卻又濫泥也似醉了，又不敢說。我恨不得吃了他！」（《水滸傳》第四十五回）

結果是楊雄相信了潘巧雲的一面之詞，將石秀趕了出去。這種被誣陷的委屈對於一般人而言已經是難以忍耐了，更何況是血氣方剛爭強鬥狠的英雄好漢。石秀讓潘巧雲付出了慘重的代價——四條人命：姦夫和尚、望風頭陀、丫鬟迎兒以及潘巧雲自己。尤其是潘巧雲，可以說是在極其恐怖的環境和心態中離開這個罪惡的世界的。「楊雄殺妻」（或者說石秀殺嫂）這件事，在楊雄而言，是怒髮衝冠，當然，是「綠色」的「冠」；對石秀而言，也是怒髮衝冠，而那則是一頂被誣陷的「黃色」的帽子。

說石秀「盜嫂」，當然是潘巧雲的誣陷之詞，但還有一種「盜嫂」，卻是在叔叔的妻子嬸嬸的陰謀幫助之下取得了罪惡的成功。這故事還是發生在《載花船》中，教唆犯是戲叔失敗的葉芸娘，盜嫂者則是她的丈夫倪碩臣，那被盜的嫂嫂當然就是結義兄長的老婆金玉姐了。這是一個用心險惡的偷情陷阱：

> 天明起來，夫妻照會停妥。碩臣假裝體倦，推茹光先出門接客。午飯後，芸娘燒下一鍋熱水，提到臥摟，把浴盆放在床前。先叫丈夫躲在床中，垂下帳幔，忙去請玉姐淨浴。金氏不知是計，問芸娘道：「二叔叔不在家麼？」芸娘道：「吃飯後便去接客，每日規則，不晚不回的。」玉姐便把自己房門鎖好，同至芸娘樓內。芸娘即將水頃在盆，取過浴布，用手拽轉房門，反扣定了，逕自下樓觀風。玉姐脫去上下衣裳，剛倒身坐於浴盆之內，碩臣在床覷了瑩白肌膚，……興不能遏，也脫做精赤身子，……玉姐出於不意，此驚非小，一時氣惱，半語也說不出口。……玉姐草草浴完，穿衣而去。碩臣拭淨身體，坐在床中私喜。芸娘到來笑問道：「計策何如？今番要謝媒了。」（《載花船》第七回）

芸娘所作所為，真是無恥之尤。當然，她這樣做，也是有其目的的。那是因為她與大伯子茹光先勾搭在先，又被丈夫發現，故而幫助丈夫「擺平」嫂嫂，於是大家都心照不宣了。進而言之，是要堵住丈夫的口，讓丈夫不能管束自己的隨意淫亂。此絕非筆者誣陷於她，且看她對丈夫親口所言：「你如今可還折便宜麼？再若拘管老娘，我的兒，叫你口吃不了，還包著走！」（同上）如此婦人，恐怕連潘金蓮也要甘拜下風了。當然，中國古代小說作者是決不會讓芸娘有好結局的。關於這個問題，有興趣者自可去看《載花船》第七回和第八回。

以上，我們講述了叔嫂關係的四種不正常的情況：嫂子戲叔遭拒，叔嫂相戲成奸，誣陷戲嫂罹禍，嬸嬸助夫盜嫂。然而，大千世界，無奇不有。還有一種情況，發生在《歡喜冤家》的另一篇作品《乖二官騙落美人局》中。

有一人名叫王小山，看上了鄰居張二官的錢鈔，居然要自己的老婆方二姑作誘餌，去釣「金魚」。方二姑與張二官從叔嫂相稱開始，一直「誘」到與這位小叔子暗結珠胎，並且產下麟兒，最後，當王小山被人嘲笑，「患了一症，醫藥無效，……一命嗚呼」以後，方二姑乾脆懷抱琵琶（應該是孩兒）過別船了。這個故事最後寫道：「二官頓時下了財禮，把一乘轎子，接了過門，兩人拜了天地，請了親鄰。次日，把兩間店物並了一處，到做了長久夫妻。只說王小山，初然把妻兒下了個美人局，指望騙他這三百兩銀子的本錢。誰知連個妻子都送與他，端然為他空辛苦這一番。」

這大概要算叔嫂關係的最奇特的結局了，但卻不是最耐人尋味的。那耐人尋味的叔嫂關係就是：在正常的和諧的公開的環境中嫂子「輕微」而又「高雅」地戲叔。這事就出在詩禮簪纓之族的榮國府，嫂子就是那正派不過的李紈，叔子就是大觀園中的「大眾情人」賈寶玉。

那是在蘆雪庵聯句，史湘雲、林黛玉、薛寶琴「三人對搶」，剩下的也是薛寶釵、邢岫煙、賈探春等人過渡一下，賈寶玉根本插不上嘴。在寶玉本不在乎，但偏偏他嫂子李紈要點他的穴道：「只是寶玉又落第了」，寶玉笑道：「我原不會聯句，只好擔待我罷。」聽了這話，李紈開始「戲」起小叔子來。

> 李紈笑道：「也沒有社社擔待你的。又說韻險了，又整誤了，又不會聯句了，今日必罰你。我罰你。我才看見櫳翠庵的紅梅有趣，我要折一枝來插瓶。可厭妙玉為人，我不理他。如今罰你去取一枝來。」眾人都道這罰的又雅又有趣。寶玉也樂為，答應著就要走。（第五十回）

既然自己討厭妙玉的假撇清，又偏偏要最「招蜂引蝶」的怡紅公子去招惹那櫳翠庵的幽尼。李宮裁，這位不到二十歲就死了丈夫的年輕寡婦，難道內心深處就沒有一絲一毫情感的波瀾嗎？難道她對異性就真的築起一道萬里長城隔斷其中嗎？不是的！在這位嫂子「戲罰」小叔子的時候，其實是一瞬間恢復了她的人性，她的作為女性「品味」異性的人的本性。謂予不信，我們換一個角度看問題，如果是當著賈母、王夫人的面，李紈敢於「罰」寶玉找妙玉討紅梅嗎？公子——幽尼——乞討——紅梅，多麼粉紅色的一組關鍵詞呀！那麼能想出這一貌似高雅實則豔麗的妙「罰」的年輕寡婦，你能說她是百分之一百的「寡」於情嗎？

當然，我們必須承認，即便是李紈的這次舉動算得上是「戲叔」的話，那也是天地間最為純淨的戲叔。然而，《紅樓夢》可不是專門寫這種純淨的「戲叔」的小說，它還寫了更多的不太純淨的甚至是很不乾淨的「叔嫂互戲」。賈瑞與王熙鳳之間是一次失敗的試驗，但肯定有成功的。不然，焦大為什麼要罵賈府的主子們「每日家偷雞戲狗，爬灰的爬灰，養小叔子的養小叔子」呢？

什麼叫做「養小叔子」，可不就是「盜嫂」嗎？同樣一件事，站在女方的立場就叫「養小叔子」，站在男方的立場就叫「盜嫂」。

在古人心目中，「盜嫂」應該算是叔嫂之間非常惡劣的行為了，但是還有比這更惡劣的——「賣嫂」。小叔子居然要將親嫂嫂給賣掉，而且最後陰差陽錯，賣掉的居然不是嫂嫂而是自己的老婆。這樣的怪事一見於《警世通言》第五卷《呂大郎還金完骨肉》，二見於《錦繡衣》第二戲《換嫁衣》，三見於《雨花香》第七種《自害自》。

先看《警世通言》中呂寶在哥哥呂玉長期外出未歸而弟弟呂珍出門尋找兄長之後導演的這幕「賣嫂而誤賣妻」的悲慘而又滑稽的鬧劇：

> 呂珍去後，呂寶愈無忌憚，又連日賭錢輸了，沒處設法。偶有江西客人喪偶，要討一個娘子，呂寶就將嫂嫂與他說合。那客人也訪得呂大的渾家有幾分顏色，情願出三十兩銀子。呂寶得了銀子，向客人道：「家嫂有些妝喬，好好裏請他出門，定然不肯。今夜黃昏時分，喚了人轎，悄地到我家來，只看戴孝髻的便是家嫂，更不須言語，扶他上轎，連夜開船去便了。」客人依計而行。……次日天明，呂寶意氣揚揚，敲門進來。看見是嫂嫂開門，吃了一驚。房中不見了渾家，見嫂子頭上戴的是黑髻，心中大疑，問道：「嫂嫂，你嬸子那裡去了？」王氏暗暗好笑，答道：「昨夜被江西蠻子搶去了。」呂寶道：「那有這話？且問嫂嫂如何不戴孝髻？」王氏將換髻的緣故，述了一遍。呂寶搥胸只是叫苦，指望賣嫂子，誰知到賣了老婆！江西客人已是開船去了。三十兩銀子，昨晚一夜，就賭輸了一大半。再要娶這房媳婦子，今生休想！復又思量：「一不做，二不休，有心是這等，再尋個主顧把嫂子賣了，還有討老婆的本錢。」(《呂大郎

還金完骨肉》）

這個呂二郎，可真算得上是黑心狼了。賭輸了錢，就賣嫂子，不料錯賣妻子以後，居然還想到「再尋個主顧把嫂子賣了，還有討老婆的本錢」。跟這樣的人做兄弟，真是倒了八輩子的血黴！碰到這樣的小叔子，那真是嫂子的最大剋星！

呂二郎的嫂子王氏最終幸免於難而讓嬸嬸頂了缸，其實不過是一個巧合，而不是王氏有意為之。再說，呂二郎的老婆也不是個壞女人，她是同情嫂嫂才有了「換髻」的行為。更何況，她嫁給江西客人其實也不是什麼壞事，總比與那衣冠禽獸呂二郎生活在一起更有安全感。因此，馮夢龍編撰的這個故事，其實講的也就是「惡有惡報」意思。聯繫該篇的前半段「呂大郎還金完骨肉」那個善有善報的故事，全篇講的也就是「善惡到頭終有報」的道理。

其實，《呂大郎還金完骨肉》這一篇作品中並沒有塑造出什麼成功的藝術形象。而另一部擬話本小說《錦繡衣》第二戲《換嫁衣》，則在一個「賣嫂而誤賣妻」的故事中，成功的塑造了一個為了自己的尊嚴和幸福而與邪惡作鬥爭的婦女形象。

《換嫁衣》的故事模式與《呂大郎還金完骨肉》基本相同。一家兄弟三人：花玉人、花笑人、花雋人。「兄弟中，惟有花笑人的性情愛慕風騷，色字上緊急；喜歡刻薄，財字上歪念」。他與本村「倒光的閒漢」烏心誠志同道合，但又看上了烏心誠的老婆白氏。後來，花笑人開了一家酒店，請烏心誠做了幫手。由於這家酒店辦得有些「黃色」，花笑人吃了官司，酒店垮臺。花笑人「在家無聊無賴」，便與烏心誠合計要騙賣嫂嫂。之所以有這樣的想法，是因為他哥哥花玉人出門給一總鎮當參謀，「去了五六年」杳無音信。孰料，花笑人、烏心誠與買主富商張洪裕密謀「賣嫂」時，被其三弟花雋人聽了個清清楚楚，並將所有情況告訴了大嫂文姿。那麼，得到這個晴天霹靂一般的消息的文姿怎樣表現呢？書中寫道：「文姿即點上燈，呆呆的倚了桌兒，托了腮兒，對了燈沉沉吟吟兒坐著。坐到夜深，想了一計，反笑一笑，自言自語道：『□□□□□□惡心腸，前番受了這般磨□□□□此又□□兄嫂。叔不仁，嫂不義，明日不得□□□還他。』隨即滅了燈，上床睡了。」

好一個「叔不仁，嫂不義」！這正是文姿不同於上述所有女性的地方。自身的正派本值得讚揚，但如果有人向著潔白撒上污泥濁水的時候，一般的女人只能忍氣吞聲或者逆來順受，最上樣的不過是逃避或者求救。而文姿以一個弱女子要對付三個罪惡的男人的聯盟，她採取了反抗鬥爭的方式，運用了「即以其人之道還治其人之身」的辦法，將一杯苦酒順手遞還給釀造者自己品嘗。這位弱女子，想得出，做得到，第二天便將計劃變成了行動：「次早，文姿起來，梳妝打扮，穿了白衫，帶了孝髻，故意在花笑人夫妻面前歡容笑口。花笑人絕早即往烏心誠家中，叫烏心誠到張洪裕處，打點人夫船轎。到午後之時，文姿塗眉撲粉，口唇上了胭脂，走到秦氏房中，歡歡喜喜的說道：『汝夫二叔今已嫁我，幸是□□的客商。此去有得吃，有得穿，料來不似花門中淡泊。只是成婚吉禮，必須要換吉衣。但我與二嬸衣服當賣已盡，止有身上一衣，乞求二嬸暫時相換。成親之後，明日送還。我的白衣二嬸不必還我，我到那邊有得穿，白衣竟送與二嬸罷了。』說完，即將孝髻除下，孝衣脫下，付與秦氏。秦氏見文姿肯嫁，也覺歡喜，就把身上衣妝脫與文姿穿戴，自己穿了孝衣。」

原先，我們看到文姿定下移花接木、李代桃僵之計以後，還有點兒覺得她只考慮自己，而不顧及妯娌間的情義，讓秦氏做替死鬼，總有點替這位弟媳抱不平。這裡，讀到「秦氏見文姿肯嫁，也覺歡喜」一句，也就覺得釋然了。因為這位秦氏至少是丈夫賣嫂的知情者，甚至為順利地「發送」嫂嫂感到有些「歡喜」。因而，讓這樣的女人替文姿去頂缸，也算是人盡其用，適得其所了，儘管說到底她也是很可憐的。

以後的事自然是一切按「計劃」（既是叔叔的原始計劃，更是嫂嫂的補充計劃）進行：「漸漸日色將西，文姿往自家躲過。秦氏領了六歲的兒子，坐在中堂，意欲送文姿上轎起身。只見一乘轎子隨著許多人擁到門前，內有四個好漢，看見秦氏身穿孝衣，飛跑進門，掉了出去，抬在轎中，把轎門鎖著，一溜兒抬得飛跑。烏心誠直送到河下上舡，交與張洪裕。張洪裕叫水手忙忙開舡而去。」

花笑人的「假嫂真妻」就這樣被搶走了。當然，後面還有很多故事，卻與本題不大相關了。只是有一首諷刺花笑人的歌謠可以錄下來聊作一哂：「村裏新聞真個新，謳歌不唱太平春。花郎妙計高天下，送了夫人又失銀。」明眼人一看就知，這首歌謠仿照的是毛本《三國》中的「周郎妙計安天下，賠了夫人又折兵」。（第五十五回）

《雨花香》中的故事雖然出現更晚一些，但卻有自身的特點：該篇的小叔子是先欲「盜嫂」，遭到拒絕，然後才心生歹念，採取了「賣嫂」的罪惡行為的。

書中說：「崇禎年間，南鄉王玉成與兄同居，兄久客粵，成愛嫂甚美，起心私之。乃詐傳兄死，嫂號哭幾絕，設位成服，未幾，即百計謀合，嫂堅拒不從。成見事不遂，又起壞念，鬻於遠人，可得厚利，因巧言諷其改嫁，嫂又厲色拒之。適有大賈購美妾，成密令窺其嫂，果絕色也，遂定議三百金。」（第七種《自害自》）

後來的故事，與上述兩書基本雷同，無非是小說中兩頭欺騙，要大賈強搶一身「縞素」的女人。而嫂嫂聰明，看破機關，用計與小叔子的老婆更換了衣飾，讓大賈搶走了嬸嬸。等到自以為聰明的小叔子回到家中，只見「二稚子嚎啼索母。始詫失婦，急追至江口，則乘風舟發千帆，雜亂不能得矣」。最後，這位黑心的小叔子走投無路，「自縊而死」。

據《雨花香》作者揚州石成金篇末所言：「我細聽老友說完，極為歎息。」或許這種「盜嫂」不成轉而「賣嫂」的事，在當時真的發生過哩！不然，我們的小說作者為什麼一而再再而三地進行描寫呢？

從「盜嫂」到「賣嫂」，中國古代小說作品將這些不正常的叔嫂關係寫了個不亦樂乎，而且每位作家的心態都不一樣。但不管作者們本著什麼樣的心理去寫這些人倫關係的陰暗面，也不管這些小說作品寫成了什麼樣子、達到了什麼效果，有一點卻是基本可以肯定的：在這些故事中，倒楣的永遠是那些「嫂嫂」（或者嬸嬸）。

可憐的女人！

胡屠戶的「師傅」

《儒林外史》中的「范進中舉」一節，歷來被評論者們稱道不已。之所以如此，當然是其中蘊含了非常豐富的內容和十分巨大的批判力量。尤其是那位「行兇鬧捷報」的胡屠戶，更是令人經久難忘，極具藝術魅力。甚至於就某種意義而言，胡屠戶已經成為人們心目中前倨後恭的「變色龍」的典型代表。

然而，胡屠戶卻並非從天而降或拔地而起，他是有「師傅」的，而且不止一個。

先看清初才子佳人小說《兩交婚》的描寫。書中有一才子名叫甘頤，表字不朵，到表兄刁直字天胡者家裏做客。適逢「進學」的考試剛過，大家議論紛紛。聽說甘頤府考不取，一群人便對他進行了冷嘲熱諷：

> 強知道：「不朵兄如此青年秀美，既府中不取，何不早些見教，要續取也不難。」甘頤道：「寧可龍門點額，不欲狗尾續貂，有盧老先生臺愛。」強知道：「甘兄不是這等說，功名執不得的。我聞得這施宗師最愛真才，我勸不朵兄，候他發放完了正案，約幾個朋友，跪門去求他考個遺童，到是個捷徑。」刁直道：「告考遺童，雖是一條門路，只是人就苦了，不是七篇，也是五篇，怎如正考，只消兩篇文字，便快快活活的受用。」內中一個長親道：「諸兄不必急求，大都才學貴乎老成。像天胡兄到此壯年，自然文字精當，為府道賞鑒。我看甘兄，年還不滿二十，筆下自然軟弱。勉強他去考，也是徒然。到不如安心，再讀三年，有這等丰姿，何愁不進，今日只管苦他做甚。」又一個老鄰說道：「才學文字，不是這等論的。要在人

> 上磨練，方才老到。甘兄少年，文才自然不及刁兄百發百中，卻也要出來磨練。告考雖然辛苦，卻也痛惜他不得。」（第二回）

誰知甘頤早已被宗師暗中考過了，結果卻考得第一名——案首。這樣，當捷報傳來時，原先那些對甘頤指手畫腳的人馬上就產生了極大的變化：「眾賓朋中有聽見的，早攛轉面皮，用手指著道：『甘相公在這裡。』」「此時眾親鄰朋友，見甘頤青年進學，又見府尊用名帖來請，又聽見說沒衣巾，便有一個年長的湊趣道：『不朵兄，既不曾備衣巾，天胡兄卻已備在此。天胡兄此時尚用不著，何不且借與不朵兄一用。』眾親鄰便都迎合說道：『這卻說得有理。』便不管刁直肯不肯，便你拿頭巾，我拿藍衫，要與甘頤穿戴。」

這樣一群親鄰朋友，雖不像胡屠戶那麼粗鹵，也不像胡老爹行事那樣刻薄，但前倨後恭的態度卻是一樣的。對同樣一個人，由於那人的境況發生了微妙的變化，這些「變色龍」們便可以迅速攛轉自己的嘴臉，便可以像喜劇演員一樣進行恬不知恥而又精彩絕倫的表演。這樣的事，在我們的日常生活中難道還見少了嗎？而那些對生活的觀察細緻入微的作家通過神奇的畫筆，將這些醜態勾勒下來時，便成為小說史上最為動人的一些片斷。其實，早在《水滸傳》中，我們就可以幫助胡屠戶找到更早的「師傅」，或者說找到「變色龍」的祖師爺吧！儘管那不是寫的科考問題，但其間的意義卻是一樣的。

《水滸傳》寫林沖刺配滄州，早先的囚犯告訴他：「此間管營、差撥十分害人，只是要詐人錢物。若有人情錢物送與他時，便覷的你好。若是無錢，將你撇在土牢裏，求生不生，求死不死。若得了人情，入門便不打你一百殺威棒，只說有病把來寄下。若不得人情時，這一百棒打得七死八活。」林沖便打聽到此處收買殺威棒的行情是管營、差撥各送白銀五兩。緊接著，發生了下面一幕：

> 正說之間，只見差撥過來，問道：「那個是新來配軍？」林沖見問，向前答應道：「小人便是。」那差撥不見他把錢出來，變了面皮，指著林沖罵道：「你這個賊配軍，見我如何不下拜，卻來唱喏？你這廝可知在東京做出事來，見我還是大剌剌的，我看這賊配軍滿臉都是餓文，一世也不發跡，打不死，拷不殺的頑囚。你這把賊骨頭，好歹落在我手裏，教你粉骨碎身。少間叫你便見功效。」（第九回）

然而，當林沖忍氣吞聲，恭恭敬敬拿出十五兩銀子「孝敬」給差撥後，情勢便發生巨大的逆轉：「差撥見了，看著林沖笑道：『林教頭，我也聞你的好名字，端的是個好男子。想是高太尉陷害你了。雖然目下暫時受苦，久後必然發跡。據你的大名，這表人物，必不是等閒之人，久後必做大官。』」

看到這樣的地方，誰都會忍俊不禁。然而，當我們笑過之後，難道不會感覺到些許「人性」的可悲嗎？這些人是可笑的，甚至有幾分可恥、可惡，但何嘗沒有幾分可悲和可憐？最偉大的小說家最大的本領，就是寫出這些人性中最可悲而又可笑的東西，從而，讓讀者去細細領悟。當然，如果哪位讀者內心深處也有這種「滄州差撥」——「親鄰朋友」——「胡屠戶」的情結，那就更會在閱讀這些片斷時感覺到靈魂被鞭撻的隱隱疼痛。

如果達到了上述這些效果的話，「胡屠戶」和他的「師傅」們也就永垂不朽了。

真假皇帝的真假菊花詩

唐末黃巢寫了一首流傳千古的「菊花詩」，詩云：「待到秋來九月八，我花開後百花殺。衝天香陣透長安，滿城盡帶黃金甲。」

黃巢於唐僖宗乾符二年（875）參加王仙芝起義，王仙芝被殺後，黃巢繼續鬥爭，號「衝天大將軍」。唐僖宗廣明元年（880），黃巢在長安稱帝，建立大齊國，年號「金統」。唐僖宗中和四年（884），黃巢兵敗自殺於山東萊蕪虎狼谷。黃巢那首「菊花詩」，可謂其人格精神的真實寫照。詩中的某些句子，甚至與黃巢的生平暗合。如「衝天香陣」與「衝天大將軍」，如「黃金甲」與「金統」。

按照中國古代的歷史觀念，黃巢雖然稱帝，但因為並沒有推翻大唐王朝的統治，也沒有統一全國，甚至連長期割據都談不上，而只是在朱溫的內亂和李克用的外壓之下，轉戰於陝西、河南、山東一帶。因此，黃巢只能算是一位假皇帝。反倒是使他一步步窘困的朱溫成為了後梁的實際開國之君。

黃巢雖然是一位失敗的悲劇人物，但他的英雄氣概卻對後世產生了相當程度的影響。更為有趣的是這位草頭天子的那首「菊花詩」，居然直接影響了一位由「草頭天子」進而成為「真命天子」的皇帝——明太祖朱元璋。

明·郎瑛《七修類稿》「詩文類」有「菊花詩」條目，其中引用了一則資料：

> 《清暇錄》載：黃巢下第，有《菊花》詩曰：「待到秋來九月八，我花開後百花殺；衝天香陣透長安，滿城盡帶黃金甲。」嘗聞我太祖亦有《詠菊花》詩：「百花發，我不發；我若發，都駭殺。要與西風戰一場，遍身穿就黃金甲。」人看二詩，彼此一意，成則為

> 明，而敗則為黃也。予則以「香氣透長安」，不過欲竊據之意；「滿城盡帶甲」，擾亂一番也。巢之反，果在於秋天。兵敗士誠、友諒，與得大都之日，皆在八九月西風起時，「穿金甲」豈非為帝耶？是乃二詩之讖耳。（卷三十七）

如此有趣的題材，中國古代的小說家們是絕對不會放過的。果不其然，在明代小說《英烈傳》中，就以另一種方式記載了明太祖的這篇佳作：

> 太祖大笑。酒至數巡，卻下階淨手，看見階前菊花，太祖又說：「我也乘興做黃菊詩一首。」遂吟與眾人聽道：「百花發時我不發，我若發時都嚇殺。要與西風戰一場，滿身披上黃金甲。」諸人敬服，稱讚道：「真是帝王氣概！」後來天兵俘士誠，破友諒，克元帝，大約都在八九月間，亦是此詩為之讖兆。（第二十五回）

上述這段話，應該是來自《清暇錄》。至於朱元璋的創作，兩邊的記載也相差不大，小說相對於筆記而言，只是略作潤飾而已。後世對於這首《詠菊花》的詩是否為朱元璋所作，有些爭議。章培恒等人主編的《全明詩》第一冊在朱元璋小傳的最後談到這個問題：「如《詠菊花》一詩，胡震亨《唐音統籤》之己籤謂係黃巢作，題為《不第後賦菊》；《全唐詩》承之。胡氏之說雖不盡可信，然此詩出於朱元璋若為多數人所確認，胡氏絕不敢以之嫁與黃巢。今既歷歲久遠，難以遽斷，姑悉仍之。」

大多數人的態度是，對這首菊花詩的著作權，採取雙承認的態度。即黃巢、朱元璋各有一首菊花詩。黃巢的那首題為《不第後賦菊》，即本文開首引用的那四句，朱元璋的那首題為《詠菊花》，上面已有《清暇錄》、《英烈傳》兩個「版本」，而《全明詩》所錄，又與《英烈傳》基本相同。唯末句「披上」作「穿就」而已。

朱元璋的詩，較之黃巢的同題材作品，其內涵雖然大體相同，但語氣顯得更帶霸氣，詞句也更為通俗易懂，而不像黃巢那樣「比興」手法用得更為到位、也更加不著痕跡一些。這也難怪，黃巢畢竟是下第舉子，滿腹的懷才不遇，而朱元璋卻是出身草莽，沒有什麼文化，「自學成才」達到如此水平，也真是難為他了。

但是，有一點是黃巢萬萬不及朱元璋的。中國有句古話：「勝者王侯敗者寇」，正是他們二人之間的對比寫照。黃巢無論有多少文學細胞，也只能是假皇帝寫真詩歌。而朱元璋當時雖然只是在文學殿堂門外徘徊，卻是真皇帝寫真詩篇。

僅上所述，已經是一件怪有意思的事情了，然而更有意思的還在後面。在中國古代小說家筆下，學習黃巢搞「菊花詩」創作的居然不止一位明太祖，還有一位唐太宗。儘管當時被其父李淵封為秦王的李世民先生比黃巢先生「先生」了幾百年，但還是虛心向晚生後輩學習詩法，如法炮製了一首「菊花詩」。

這個「先生」學「後生」的故事發生在明代諸聖鄰的《大唐秦王詞話》之中，該書第十五回寫道：「話說秦王一日升殿坐下，見殿前黃菊大開，豪氣凌雲，口吟數句：『萬花開時我不發，我若發時萬花殺。敢與西風戰一場，滿林盡掛黃金甲。』」

不用考察，這詩絕對不是李世民寫的。是典型的「小說家言」。

與黃巢的假皇帝寫真詩、朱元璋的真皇帝寫真詩相比，李世民大概可以算得上是真皇帝寫假詩了。

想不到就在這真真假假之間，我們的小說家們玩了這麼多花樣。然而，誰不認為一部中國小說史就是在這些歷史、人物、故事的真真假假之間緩慢地向前發展的呢？

「落草」不一定「為寇」
——兼談「坐草」

說到「落草」，一般的讀者馬上會在後面續上「為寇」二字。在中國古代小說中，「落草為寇」幾乎成為一個固定詞組，它指的是造反者入山林與官府為敵的行為。從《三國志通俗演義》《水滸傳》一直到晚清小說，寫揭竿而起、占山為王的英雄故事的作品不在少數，「落草為寇」一詞也比比皆是。

然而，「落草」就一定「為寇」嗎？非也！因為「落草」一詞至少還有另一個解釋：嬰兒出生。這種用法，在中國古代小說中同樣多見。聊舉數例：

> 鬼卒領著馗兒的靈魂，早在門外等候。及至時辰將到，鬼卒把門上的簾子一掀，馗兒往裏看時，只見床上坐著一個少年婦人。聲聲叫疼，旁邊一個穩婆緊相依靠。住的卻是朱紅亮槅的好房子，才到回頭，被那鬼卒一把推到床上。呱的一聲，早已投胎落草了。穩婆抱起來看，乃是一男。（《幻中游》第十回）

> 晁鳳道：「……二叔是通州香岩寺梁和尚脫生的，他那裡坐化，這裡落草，那模樣合梁和尚再無二樣。」（《醒世姻緣傳》第四十六回）

> 徐氏道：「……這是晁鄉宦妾沈氏所生，因合族人爭產，前任徐大爺親到他家，叫了我來診脈，果真有胎，就著我等候收生；還說生的是男是女，還報徐大爺知道。等至十二月十六日子時落草，見是個小廝，清早就往縣裏來報。」（同上）

> 奶奶剛醒，沈姨就生二叔，落草也是子時；奶奶說夢見梁和尚

生的，算計待起名「晁梁」，可可的大爺就起了個名字。（同上第四十七回）

他說：「那咎俺婆婆來收生相公時，落草頭一日，晁奶奶賞的是二兩銀，一匹紅緞，還有一兩六的一對銀花。」（同上第四十九回）

襲人道：「連一家子也不知來歷，上頭還有現成的眼兒，聽得說，落草時是從他口裏掏出來的。」（《紅樓夢》第三回）

一面看寶玉……項上掛著長命鎖，記名符，另外有一塊落草時銜下來的寶玉。（同上第八回）

那道人笑道：「你家現有希世奇珍，如何還問我們有符水？」賈政聽這話有意思，心中便動了，因說道：「小兒落草時雖帶了一塊寶玉下來，上面說能除邪祟，誰知竟不靈驗。」（同上第二十五回）

倒把個安人喜歡的了不得，將他攬在懷中，因說道：「曾記六年前產生一子，昏迷之際，不知如何落草就死了；若是活著，如今也是與他一般大的了。」（《龍圖耳錄》第二回）

把個安人喜的眉開眼笑，將他抱在懷中，因說道：「曾記六年前產生一子，正在昏迷之時，不知怎麼落草就死了。若是活著，也與他一般大了。」（《七俠五義》第二回）

或許有人會懷疑，在有的小說家那兒，「落草」指的是「為寇」；在有的小說家那兒，「落草」則指嬰兒出生吧？並非如此。在小說家們心目中，「落草」就是同時具有以上二義的。為了說明問題，我們不妨舉出同一部小說作品中「落草」兩義並存的例子。

先看《野叟曝言》一書：

水夫人道：「尹雄招安，方為國稱慶；豈知閹人反汗，幾至殺身！現復落草盤山，不知何時復得皈正耳！」（第一百零一回）

水夫人道：「此我從前出京，於車上動了胎氣，落草即死之女也。連我也不知有此女在世，何況於汝？」（第一百一十八回）

此處，前一例明顯指的是「落草為寇」，而後一例則明明白白指的是嬰兒出生。更有意思的是，該書這兩番話恰恰是出於同一人物——水夫人之口。

孤證不成文。再看《小八義》一書：

> 詞曰：鐵賊落草為寇，搶男拐女不端。豈知天理有循環，卻有英雄替換。（第三十八回）

> 俺倆倒要看仔細，瞧瞧孩子他的功。當初難為怎學練，他才長了幾年功。就讓他學能幾載，落草降生七八冬。哪能胎裏就學技，孩子他怎這樣精。莫非不是凡間子，想是什麼一精靈。（第六十三回）

該書二例，前一例明言「落草為寇」。後一例則是寫兩位英雄人物看見一個七、八歲的小孩武藝高強，讚歎之餘，簡直有點不敢相信。其中，「落草降生」一詞的意義也應該是沒有疑義的。

進一步的問題是，嬰兒出生，為什麼叫做「落草」？

這可不像「落草為寇」那麼好解釋。強盜落草，因為他們落腳在山野草莽之中，這是不需要解釋的。嬰兒落草，難道也要丟在荒郊野外不成？顯然不可能。那麼，怎樣解釋嬰兒初生之「落草」呢？

人民文學出版社 1982 年版《紅樓夢》第 54 頁有一條注釋是這樣說的：落草——「婦人分娩曰坐草」（見清吳翌《燈窗叢錄》引《魏志》）。引申其義，小兒落生叫「落草」。

此話不錯。只可惜《魏志》一書筆者未見，不知原文到底是怎樣表述的。如果注釋者也沒有見過這本《魏志》的話，那麼，說明「坐草」一詞，大可不必引清人筆記。因為明人郎瑛《七修類稿·辯證上·諺語始》早有這方面的記載：「今諺謂臨產曰『坐草』，起自晉也。陳仲弓為太邱長，出捕盜，聞民有在草不起子者，回車治之。」

郎瑛謂「坐草」之說起自晉，但未指明材料出處。對他的話，我們只能聊作參考。但至少在唐代，就有資料證明「落草」「坐草」之說了。而且，這資料保存了下來。我們不妨就從這裡說起：

> 日晡時見報云：兒婦腹痛，似是產候。余便教屏除床案，遍一房地布草，三四處懸繩繫木作衡。度高下，令得蹲當，腋得憑當。衡下敷慢氈，恐兒落草誤傷之。（唐·王燾撰《外臺秘要方》卷三十三《產乳序論三首》）

> 而十月滿足之時，且臨坐草。（宋·洪适撰《盤洲文集》卷第七十《代為妻還水陸疏》）

認是產時將至，然後坐草，切勿太早，恐子在腹中難於轉側。（元・危亦林撰《世醫得效方》卷十四《產科兼婦人雜病科・濟陰論》）

昔日曾有一婦人，累日產不下。服遍催生藥，不驗。予曰：此必坐草，心懷恐慮，氣結而然，非順不順也。（明・朱橚撰《普濟方》卷三百四十二《姙娠諸疾門・安胎・附論》）

以上，我們列舉了唐宋元明四代關於「落草」「坐草」的資料各一則，可見此種說法由來已久並持久不衰。至於明清小說作品中描寫產婦坐草的情節，則更是屢見不鮮。

先看一則筆記小說的記載：

夫人十九而寡，操家凜凜，潔逾冰玉。中歲，其子景石別駕天喪，門戶危栗，夫人毅然獨立，以待遺腹之胤，比當坐草，命帷蔽產婦於堂，遍延宗黨坐列帷外，產竟得雄，旁議遂息。（明・姚士粦《見只編》卷上）

至於通俗小說這方面的描寫就更多了：

時光似箭，日月如梭。經一年光景，媽媽將及分娩，員外去家堂面前燒香許願，只聽得門首有人熱鬧，當直的來報員外道：「前番當晝的先生在門前。」胡員外聽得說，吃了一個蹬心拳，只得出來迎接道：「我師，又得一年光景不會。不敢告訴，今日我房下正在坐草之際，有緣得我師到來。」（《三遂平妖傳》第一回）

通陳了姓名意旨，把銅錢擲了六擲，占得個「地天泰」卦。先生道：「恭喜，好一個男喜！」遂批上幾句云：「福德臨身旺，青龍把世持。秋風生桂子，坐草卻無虞。」許員外聞言甚喜，收了卦書，遂將幾十文錢謝了先生。（《警世通言》第四十卷《旌陽宮鐵樹鎮妖》）

春郎道：「母親生下小妹，方在坐草之際。昨夜我母子三人，各有異夢，正要到伯父處報知賀喜，豈知伯父已先來了。」（《拍案驚奇》卷二十《李克讓竟達空函，劉元普雙生貴子》）

夫人怒道：「我母子二人止值得一餐酒食麼？我曉得了：你只重著心上人那兩位賢公子，巴不得我那日坐草身亡，汝等好一窩一處

的享福，省得我礙眼，故用藥有功之人反遲延不行酬謝。好薄情的畜類、奸險的冤魂！我好氣也！」（《禪真後史》第五回）

一個老宮女，在五彩龍幔內走出，向素臣說道：「娘娘這胎，十月滿足，胎已臨門，坐草一日半夜，今日又一日了，又不是橫生側產，腳踏倒鹽，催生丹藥，吃過若干，都不見效；王爺說只要保得娘娘平安，別的也就罷了！」（《野叟曝言》第五十回）

且說陳氏身懷六甲，黃成通死時業已將次坐草，但因喪事紛紛，故此未曾在意，黎爺歸轉之後，業氏安人便即行裝打疊停妥，準期三五日間就要動身往省。詎意一夕，陳氏覺得肚腹不寧，有些隱隱作痛，便向家姑說知。葉氏安人知她瓜期已至，連忙備辦蠟丸，羌酒等物，並吩咐僕人去請接生，不一時穩婆到門，安人說知其故。穩婆步入房中，將陳氏扶插起來，囑其忍痛，不用著忙。半晌之間，瓜熟蒂落，果然生下一個男兒，陳氏心中暗暗歡喜。（《繡鞋記》第十三回）

又覺又到了至月一日，英陽娘娘有些腹中不便。楊氏家法，解娩別有產室。杜蘅院之產室是凝輝閣。英陽移居凝渾閣，未及坐草，已誕下一個男兒。先是庾夫人已經尋收生穩婆及幾個奶娘。太后娘娘別的擇求於宮娥親戚中年紀壯少、頭產好奶的娘兒數人，預送等候。嬰兒才下地，隱婆雙手奉來，安臥絨上。英陽氣喘肚疼，穩婆方悶胎衣不下，氣不舒，服從草上。忽然又出嬰兒聲，又誕下一男。穩婆知是一胞雙男，安安穩穩的奉出分胎，安措襁褓上。（《新增才子九雲記》第三十回）

姥姥上前一伸手，說：「哎喲，衣服還無脫呢。」摸了摸，說：「是時候了，姑娘們上去抱腰，快坐草。」……少頃又疼了一陣，只聽呱啦一聲，養下來了。姥姥道：「給老爹道喜，養了一位千金。」（《小奇酸志》第十回）

春娘睡了片時，只見又一陣疼，連聲喊叫，呼天喚地，「哎」聲不止。蔡婆說：「是時候了。」忙叫王六兒抱住腰，如意兒幫扶著，坐了草。（同上第三十四回）

由上可見，因為孕婦臨產叫做「坐草」，因而嬰兒初生便叫做「落草」了。這樣的解釋毫無疑問是正確的，但還不太「親切」。嬰兒落草，是象徵性地說說而已，還是真的要「落」到「草」上呢？愚以為是後者。證據同樣在中國古代小說之中。

> 蔡老娘向床前摸了摸李瓶兒身上，說道：「是時候了。」問：「大娘預備下繃接、草紙不曾？」月娘道：「有。」便叫小玉：「往我房中快取去！」……只見小玉抱著草紙、繃接並小褥子兒來。……良久，只聽房裏「呱」的一聲養下來了。蔡老娘道：「對當家的老爹說，討喜錢，分娩了一位哥兒。」吳月娘報與西門慶。西門慶慌忙洗手，天地祖先位下滿爐降香，告許一百二十分清醮，要祈子母平安，臨盆有慶，坐草無虞。（《金瓶梅》第三十回）

> 水夫人便留兩人過夜。兩人幫著料理繈褓，蓐草，湯藥，參苓諸事，忙忙碌碌，把湘靈之事竟未提起。到黃昏時分，痛陣來得緊了，鸞吹早已喚到收生。收生婦吩咐生起火盆，燒好熱水，諸色齊備，那痛陣便一陣緊似一陣，腰間就似打折的一般，眼內火都爆將出來。田氏因是頭生，十分害怕。水夫人道：「休得著慌，這是時候到了！」正在吩咐收生，伏侍坐草。忽聽莊外人聲鼎沸，大家驚異，未及查問。只聽房裏呱的一聲，收生婆口中連稱：「恭喜了，一位小相公！」（《野叟曝言》第四十一回）

> 藍姐說：「姐姐，我的腰都折了，小肚子只是往下憋。」月娘道：「不妨事，蔡姥姥就來，養了就好了。」又叫碧蓮、芙蓉兒：「你們快拿草紙來，叫王六兒熬下定心湯，叫如意兒把哥兒小時鋪的被褥拿了來。」（《小奇酸志》第十回）

> 姥姥說：「預備了小兒的毛衫被褥無有？」藍姐說：「都有了。草紙、定心湯都備用下了」（同上第三十四回）

以上四例，在描寫家里人給孕婦準備的各種臨產用品時，都離不開一樣東西——草製品：草紙、蓐草。當然，這些草紙、蓐草之類的製作一般應該是很精緻的。產婦就是在這種精緻的草製品上生孩子，而嬰兒一到人間，首先便落到了草製品之上。這才是對「產婦坐草」、「嬰兒落草」的最確切的解釋。

然而，天地間的事情無奇不有。特別是對於文化積澱深厚的古老的中國，其中很多事情的分析解釋都必須小心在意，否則，一定會犯極其低級的錯誤。

譬如以上通過大量事例的列舉分析，我們已經明白「落草」不一定「為寇」了，它還特指嬰兒出生。那麼，同樣的道理，「坐草」是否專指孕婦臨產呢？非也！

「坐草」還有另一個意義：孝子守制。

先看例子再說話：

> 卻說曹氏在閃屏後，傷心起來，也低低哭了兩三聲兒。見姐姐閃倒在地，強攙回後邊去。遲了一會，眾人方才住聲。潛齋叫王中設苫塊，叫孝子坐草。（《歧路燈》第十二回）

> 不上一年，賈赦舊病復發身故。賈璉夫婦坐草百日，不便管帳，就命寶釵協理；寶釵以節省為名，府中人逐漸散去。（《紅樓圓夢》第一回）

第一例的孝子坐草和第二例的賈璉夫婦坐草，分明都包含了男性。難道譚紹聞（亦即《歧路燈》中的孝子）與賈璉都像婦女一樣會「生產」不成？肯定不是這樣。

那麼，這究竟是怎樣一回事呢？為了說明問題，我們先來解釋一下第一例中的「苫塊」。苫，草編的槁薦，用於寢臥；塊，土塊，用來枕頭。《儀禮·既夕禮》：「居倚廬，寢苫枕塊。」

什麼意思？古禮規定，父親死了以後，孝子必須住在臨時搭建的草廬裏，睡的是用草編成的槁薦，也就是今天的草席子之類的臥具。枕頭呢？更加簡單了，弄一塊石頭放在草席子底下就是。草席子和石枕頭連在一起就叫「苫塊」。天天坐臥在草席子上的孝子，不叫「坐草」又該叫什麼？

因此，沒有辦法，只好委屈「孝子」與「產婦」共用一個名詞了。反正古人是永遠不會搞錯的。至於今天之人搞錯了，那也不能怪古人，只能怪我們自己「一不小心」。

還有更令人啼笑皆非的事情。中國古代有些無聊文人居然用「產婦坐草」來比喻「科舉考試」的某一個環節。請共同欣賞這樣的奇文：「這備卷，前人還有個比喻法，他把房官薦卷，比作結胎；主考取中，比作弄璋；中了副榜，比作弄瓦；到了留作備卷，到頭來依然不中，便比作個半產。他講的是一樣落了第，還得備手本送贄見，去拜見薦卷老師，便同那結了胎，才歡喜得幾日，依然化為烏有，還得坐草臥床，喝小米兒粥，吃雞蛋，是一般滋味。……」這番比喻雖謔近於虐，卻非深知此中首苦者道不出來。（《兒女英

雄傳》第三十五回）

大千世界，無奇不有。

古老中國，千奇百怪。

凡研究「中國古代」之「什麼什麼」者，千萬要慎之又慎。

荒唐的絕招——產婦臨陣退敵

中國古代小說進行戰爭描寫時，鬥陣、鬥將是最為常見的方式。如果人間的兵陣和勇將「鬥」得差不多的時候，作者們便會請來各路神仙術士，或僧或道，或僧不僧道不道而又亦僧亦道的「正邪」兩派的「極品人物」來助陣。他們一上來就是兩手：鬥法、鬥寶。然而，在眾多的鬥法鬥寶的描寫中，有一最荒唐的絕招——產婦臨陣退敵。此法雖不常用，然一旦用之，則是所向披靡。

更有意味的是，這種產婦臨陣退敵的方法，多半用於正面人物身上，而且多半具有以毒攻毒的意思。在《七劍十三俠》中就有這種描寫：

> 四個人正相殺之間，忽聞西北角上喊聲大起，原來霓裳子率著王鳳姑、孫大娘、鮑三娘衝殺進來，直殺得陣中鬼哭神嚎，所有暗藏的那些鬼使神兵以及陰魂之氣，見了鮑三娘這產婦，怕他穢惡之氣，藏的藏躲的躲，跑的跑亂亂紛紛，陰陰哭泣。徐鴻儒聽了這一般聲音，知道不妙，當下就向王能虛擊一劍，撥回四不像，直向西北角上喊聲起處殺去。（第一百五十一回）

當然，這種利用產婦的穢惡之氣去破那些施展魔法的敵軍的寫法，並非《七劍十三俠》作者的發明，早在明代描寫楊家將故事的兩部小說中就有此荒唐的絕招。《楊家府演義》中宋遼對陣時，楊宗保向神仙軍師鍾離請示破敵方略，便有了這樣的描寫：

> 宗保曰：「可遣誰去破鐵門、青龍兩陣？」鍾道士曰：「鐵門陣可遣令正桂英一往，青龍陣要勞令堂柴太郡一行。」宗保曰：「桂英無辭。吾母有孕在身，如何去得？」鍾道士曰：「但去無妨，今正要

以孕氣壓勝此陣之妖孽也。」（第五卷之《黃瓊女反遼投宋》）

隨即，在戰場上果然發生了鍾離軍師預料的事情：

柴郡主與孟良前後力戰。將及半午，郡主用力戰久，動了胎息，忽覺肚腹疼痛，漸漸難忍，郡主遂大叫一聲「好苦！」部下軍士無不失色。須臾墜下馬來，產一嬰孩，昏悶倒地。鐵頭太歲見郡主落馬，拍馬來捉。忽陣側一彪軍馬如風驟到，乃木桂英也。望見郡主在地，努力相救，近前與鐵頭太歲交戰數合。鐵頭太歲被郡主生產腥氣所沖，忽拍馬而走，桂英忙拋飛刀砍去，遂化一道金光衝霄去了。番兵大亂。孟良乘勢亂砍番軍，不計其數。桂英下馬扶起郡主，將所生之孩包裹了放在己之懷內；復扶太郡上馬，然後自跳上馬殺出，遂破了青龍陣。（同上）

這樣兩段描寫，在《北宋志傳》中基本上重複了一遍：

宗保曰：「可差誰往？」鍾曰：「青龍陣須要勞柴郡主一行，鐵門陣用得木桂英而往。」宗保曰：「桂英可行。吾母柴郡主有孕在身，如何破得此堅陣？」鍾曰：「正以孕氣勝之，管取無事。」（第三十七回）

柴郡主與孟良前後力戰，將近日晡，柴郡主鬥力已乏，不覺衝動其胎，在馬上叫聲：「疾痛難熬。」部下軍士，無不失色。一伏時間，墜下兒子，遂昏倒陣中。鐵頭太歲回馬來捉，陣側一彪軍馬，如風雷驅電來到，乃木桂英也，見郡主危急，努力來救。交馬二合，鐵頭太歲化作一道金光而走，被血氣沖落。桂英拋起飛刀，斬於陣中。番兵大亂，被孟良殺到，屠剿其眾，只走得一分回去。桂英近前救起郡主，以所生孩兒納在懷中殺出，破其青龍陣。（同上）

關於《楊家府演義》《北宋志傳》二書孰先孰後的問題，學術界爭論較大。筆者基本上同意《楊家府演義》略早於《北宋志傳》的觀點。關於這一問題的詳細論證，筆者已另撰文，此不贅言，只略述其大要。

《北宋志傳》卷一開首有「敘述」云：「謹按是傳前集紀十一卷，起於唐明宗天成元年石敬瑭出身，至宋太祖平定諸國止。今續後集十一卷，起宋太祖再下河東，至仁宗止。收集《楊家府》等傳，總成二十卷，取其揭始要終之意。並依原成本參入史鑒年月編定。」

這裡所說的前集，即指《南宋志傳》。值得注意的是，上引「敘述」中「收集《楊家府》等傳，總成二十卷，取其揭始要終之意。並依原成本參入史鑒年月編定」這句話，至少可以說明以下問題。

其一，《北宋志傳》系統的楊家將故事產生於《楊家府演義》系統之後。

其二，《北宋志傳》尚不止參照《楊家府演義》這一種本子而成。

其三，楊家將故事本由歷史真實演變為民間傳聞、說話藝術、舞臺表演，但到《北宋志傳》時，反又以史鑒年月來檢驗、修正這些民間藝人的創作。

然而，不管二書孰先孰後，這種「產婦退敵」的荒唐寫法卻是一致的。這就決定了這兩部關於楊家將故事的作品連同《七劍十三俠》一起，無法進入中國古代小說一二流作品的行列，而永遠只能在小說創作的陣營中「擺龍尾」。

好的小說作品，永遠杜絕毫無深刻含義的「荒誕不經」筆墨！

假美女與真妖精的搏鬥

在中國古代小說中，多有雄性的妖精糾纏美女的情節，而這好色妖精的美女夢最終都會被某一位英雄人物所擊破。更有意味的是，那位英雄人物在打破妖精桃色夢幻的過程中又大多是裝成美女去完成任務的。這樣，就勢必發生假美女與真妖精的慘酷搏鬥。

具有上述情節的最典型的作品便是《西遊記》與《七劍十三俠》。

我們先來看看二書相同的內容。

相同點之一，事情的緣起——妖精糾纏美女

《西遊記》中美女的父親高老是這樣敘述的：「三年前，有一個漢子，模樣兒倒也精緻，他說是福陵山上人家，姓豬，上無父母，下無兄弟，願與人家做個女婿。我老拙見是這般一個無羈無絆的人，就招了他。」「他如今又會弄風，雲來霧去，走石飛砂，唬得我一家並左鄰右舍，俱不得安生。又把那翠蘭小女關在後宅子裏，一發半年也不曾見面，更不知死活如何。」（第十八回）

《七劍十三俠》中美女的父親白樂山的敘述大同小異：「只因老漢生有子女各一，女喚劍青，生得有幾分姿色。近為山魈所纏，每夜到此纏繞不休。」「每日約在三更以後，便來到這裡，也並無甚動靜，只有陰風一陣，風過處便有一個美貌男子走進屋內，但見這山魈別無異樣，惟身後有尾，約長尺餘，此外全然人樣，惟妙惟肖，進入小女之房，據小女云，這山魈進了臥房，望著小女吹一口冷氣，小女便昏迷不醒了。現在小女被他纏得骨瘦如柴，行將待斃。」（第一百三十五回）

相同點之二，事情的波折——法師降妖無效

《西遊記》中高老的家人說：「我太公與了我幾兩銀子，教我尋訪法師，拿那妖怪。我這些時不曾住腳，前前後後，請了有三四個人，都是不濟的和尚，膿包的道士，降不住那妖精。」

《七劍十三俠》中的白樂山說：「老漢又無法想，只得虔誠些上人羽士來家做法，欲退山魈，不意依然無用。近聞小茅山道士法力高明，因此去請到家建醮以冀超脫。」

相同點之三，事情的轉機——高手願意降妖

《西遊記》中的孫悟空對高老說：「這個何難？老兒你管放心，今夜管情與你拿住，教他寫了退親文書，還你女兒如何？」

《七劍十三俠》中的狄洪道對白樂山說：「老丈不必憂慮，既為山魈作祟，某可助一臂，為令愛驅除。」

相同點之四，事情的進展——英雄假裝美女

《西遊記》中寫道：「行者卻弄神通，搖身一變，變得就如那女子一般，獨自個坐在房裏等那妖精。」

《七劍十三俠》中的狄洪道對白老兒說道：「老丈勿疑，某如不能為，斷不敢誇這大口。就請老丈趕緊將令愛移避他處，讓某作個李代桃僵便了。」

相同點之五，事情的高潮——閨房大打出手

《西遊記》中寫道：「那怪轉過眼來，看見行者諮牙倈嘴，火眼金睛，磕頭毛臉，就是個活雷公相似，慌得他手麻腳軟，劃剌的一聲，掙破了衣服，化狂風脫身而去。行者急上前，掣鐵棒，望風打了一下。那怪化萬道火光，徑轉本山而去。行者駕雲，隨後趕來。」

《七劍十三俠》中寫道：「狄洪道下了床，又復躡足潛蹤走到山魈背後，看著他的舉動。只見山魈吹了一陣風，便縱身上床撲了過去，若與人倫相似。背後果然有一尾，約一尺餘長。狄洪道此時見山魈已經上床，知道他不見有人必然要走，那敢怠慢，即將手中寶劍拔出，認定山魈背後一劍砍去，打量這一劍將山魈砍為兩段。」

以上五點相同其實只說明了一個要點：二書中這兩大片段的基本模式是一致的。然而，除了相同的五點以外，這兩大片段之間卻也有幾個迥然不同的「點」。

不同點之一，趣味——詼諧還是恐懼？

《西遊記》中悟空收八戒，在開打之前有一段精彩的用誤會法造成的「錯位調情」描寫：

> 那怪不識真假，走進房，一把摟住，就要親嘴。行者暗笑道：「真個要來弄老孫哩！」即使個拿法，托著那怪的長嘴，叫做個小跌。漫頭一料，撲的攛下床來。那怪爬起來，扶著床邊道：「姐姐，你怎麼今日有些怪我？想是我來得遲了？」行者道：「不怪，不怪！」那妖道：「既不怪我，怎麼就丟我這一跌？」行者道：「你怎麼就這等樣小家子，就摟我親嘴？我因今日有些不自在，若每常好時，便起來開門等你了。你可脫了衣服睡是。」那怪不解其意，真個就去脫衣。行者跳起來，坐在淨桶上。那怪依舊復來床上摸一把，摸不著人，叫道：「姐姐，你往那裡去了？請脫衣服睡罷。」行者道：「你先睡，等我出個恭來。」那怪果先解衣上床。（同上）

而《七劍十三俠》就大不一樣了，變化成美女的英雄與不知底裏的妖精哪有什麼調情的機會和興致？他們一見面就真刀真槍地幹了起來。

> 那知山魈才撲上床，覺得並無人在床上，也就跳將起來，預備下床而去，將翻轉身來，卻好狄洪道的寶劍已到。那山魈見有寶劍砍來，雖不會人言，只聽忽喇喇一聲大叫，登時已復了形相，不似從前那美貌男子一般。但見他口如血盆，眼似銅鈴，渾身白毛，直望狄洪道撲來。狄洪道一看喝道：「好孽畜你還不知罪，膽敢迷人家女子，今本將軍前來拏你尚敢相拒麼！不要走，看劍！」說著又是一劍砍來，只見那山魈又大叫了一聲，向旁邊一跳，躲過了一劍，隨即又向狄洪道背後撲來，狄洪道趕著掉轉身體，以劍相抵。只見那山魈見狄洪道掉轉身來，便將兩手一舉，兩腳望後一奔，認定狄洪道撲來，狄洪道看他來得兇猛，不慌不忙等山魈來得切近，遂將身子一偏，那山魈撲了個空，又是一聲大叫，翻轉身又向狄洪道撲來。狄洪道仍用此法，那山魈連撲三次，皆未撲到，好不著急，於是又要撲到，狄洪道見他力已將盡，便站定身子，將手中寶劍露刃於外。只見那山魈兩手一臺，兩腳將後一發，用盡全力又撲過來。狄洪道就乘他撲來的時候，即將寶劍一起，腰一彎，從那山魈腹下乘他的來勢，就這一戳，那口寶劍已深入山魈腹內去了。那山魈知

> 道劍已入腹，便用足了全力望後倒退，狄洪道見他倒退，更加將寶劍送進，就勢望上一剖，頃刻間山魈肚腹已被寶劍剖開，只見那山魈就地一滾，登時變了原形，躺在地上不能動彈。

必須明確，《七劍十三俠》中的山魈較之《西遊記》中的豬八戒而言，是極其缺乏生活情趣的。山魈連「人話」都不會說，只是變成一個漂亮的空皮囊而已。山魈對白家小姐的佔有，是純粹的低等動物的佔有。而老豬卻不相同了，他很有生活情趣，而且為了取得高家小姐的歡心，他還付出了艱辛的勞動、陪了一萬個小心。因此，從妖精的角度來看，豬八戒是比山魈更具有人情味的。換一個角度看問題，裝扮美女的英雄——孫悟空和狄洪道他們二人之間也是有很大區別的。狄洪道一見妖精就大打出手，而孫悟空面對妖精卻是先狠狠地戲弄一番。二者相比，孫悟空當然處於高級狀態，而狄洪道的表現就相當一般了。之所以如此，乃是因為《西遊記》中的武打描寫是充滿生活趣味的，是張弛有致、剛柔相濟的，而《七劍十三俠》中的武打卻顯得比較單調乏味。看戲的時候，人們相對於其他較為單純的武打場面而言，更願意欣賞「十字坡」「三岔口」那樣既緊張又諧趣的打鬥，也是同樣的道理。

不同點之二，結局——嬉鬧還是慘烈？

《西遊記》中的孫悟空收八戒和《七劍十三俠》中的狄洪道斬山魈的結局是完全不相同的。《西遊記》中這段故事的結局是建立在一種諧趣嬉鬧的氛圍之中的。請看：

> 那高氏諸親友與老高，忽見行者把那怪背綁揪耳而來，一個個欣然迎到天井中，道聲「長老，長老！他正是我家的女婿！」那怪走上前，雙膝跪下，背著手，對三藏叩頭，高叫道：「師父，弟子失迎。早知是師父住在我丈人家，我就來拜接，怎麼又受到許多波折？」三藏道：「悟空，你怎麼降得他來拜我？」行者才放了手，拿釘鈀柄兒打著，喝道：「呆子，你說麼！」那怪把菩薩勸善事情，細陳了一遍。……三藏道：「既從吾善果，要做徒弟，我與你起個法名，早晚好呼喚。」他道：「師父，我是菩薩已與我摩頂受戒，起了法名，叫做豬悟能也。」三藏笑道：「好，好！你師兄叫做悟空，你叫做悟能，其實是我法門中的宗派。」悟能道：「師父，我受了菩薩戒行，斷了五葷三厭，在我丈人家持齋把素，更不曾動葷；今日見了師父，我開了齋罷。」三藏道：「不可，不可！你既是不吃五葷三

> 厭，我再與你起個別名，喚為八戒。」那呆子歡歡喜喜道：「謹遵師命。」因此又叫做豬八戒。(第十九回)

山魈的運氣可遠遠不如豬八戒了，一來他沒有什麼菩薩指點，二來也沒有唐三藏的慈悲為懷，三來白家上下對他恨之入骨，四來狄洪道可是要斬盡殺絕。因此，他的結局只有一個——被徹底消滅。

> 狄洪道還恐他逃走，又用寶劍在他身上連砍了十數劍，方喊人點火進來，當下眾丁在房門口把守，一聽喊人點火，眾莊丁也就趕著拿了燭臺進入裏面。狄洪道向莊丁說道：「山魈已被我除了，你等可快請你主人進來看視。」眾莊丁先向狄洪道問道：「山魈現在何處？」狄洪道指道：「這不是麼！」眾莊丁將燭臺向地上一照，見有毛烘烘一團，擺在地上，四面鮮血直流。莊丁看罷，立刻出去請白樂山前來，……白樂山低頭向那山魈一看，果然被斬而死，但見毛烘烘一團，似兔非兔、似狐非狐，也認不出是何怪物。……狄洪道道：「老丈，今山魈已除，可即令貴莊丁將他焚化，免得以後再要為祟。」白樂山道：「應連夜命莊丁將山魈架起火來焚燒，至肉盡骨枯為止。」(同上)

二書中英雄假裝美女除妖的環境氣氛和最終結局截然不同，是與全書的趣味追求和整體結構大有關係的。

《西遊記》中的悟空收八戒是唐僧西天取經的一個必然情節，豬八戒是師徒五眾中不可缺少的重要人物，因此，老豬是不可能被消滅的，他只能被收服。進而言之，《西遊記》全書充滿著一種諧趣味兒，作者是用輕鬆的筆調、幽默的語言來反映唐僧取經這麼一個重大題材的。悟空收八戒這一篇斷與全書的格調是吻合的，因此它充滿諧趣意味。

《七劍十三俠》則不同了。山魈的故事並非書中必然的情節，而是為塑造狄洪道而安排的一個專場。山魈這個形象只是一個條件人物而並非全書的主人公。因此，當他完成了歷史使命——成功襯托了英雄狄洪道以後，它的存在就沒有必要了。進而言之，《七劍十三俠》是用正筆寫武林俠客的，全書的格調一派莊嚴、慘烈。故而，在這一英雄除妖的片斷中用這種極其慘烈的描寫也是與全書的基本敘事風格相吻合的。

但無論如何，讀過這兩個片斷以後，我們總覺得《七劍十三俠》的描寫不如《西遊記》。造成這種現象的原因是多方面的，其間最主要的一條就是小說家們在反映嚴肅乃至慘烈的內容時，是用正筆好還是用諧筆好？當然，最理想的方式是莊與諧的結合，如《水滸傳》《紅樓夢》等作品。其實，《西遊記》的筆法也是莊與諧的結合，只不過諧多於莊而已。這樣，它就比一味莊嚴的《七劍十三俠》要耐讀得多。

極高雅與極淫穢的「品簫」

「品簫」，在古人的心目中本是件極高雅的事。《四庫全書總目·蜕岩詞提要》嘗言：「廣陵冬夜與松雲子論五音二變十二調，且品簫以定之清濁高下。」（《蜕岩詞》為元人張翥撰）可見「品簫」對音樂的清濁高下有鑒別功能。至於古代文人在詩詞創作中對「品簫」的描寫也是屢見不鮮。隨舉數例：

宋·陳傑《出郊》：「曲徑間行逃酒處，小樓閒坐品簫時。」（《自堂存稿》卷三）

元·張憲《贈道士十韻》：「石鼎閒聯句，瓊樓臥品簫。」（《玉笥集》卷八）

明·王恭《雙美人吹簫》：「黛蛾雙染為誰嬌？長信深沉夜品簫。」（《草澤狂歌》卷五）

當然，「品簫」並非永遠那麼瀟灑，那麼富有情調。有時，這種行為又可以用來表示英雄落魄時的無奈與鬱悶：

「伍員曾品簫，呂蒙正曾題筆，古人未遇遭淹滯。時來神鬼陰靈助，運去英雄僕輩欺，逆順皆天意。」（《雍熙樂府》卷六《粉蝶兒·甘貧》）

更有甚者，如果沉溺於像「品簫」這樣的娛樂之中而不能自拔，那問題可就嚴重了。作為普通人可能是玩物喪志，作為帝王恐怕就要亡國亡身了。且看：

「靈帝好擫笛而漢室以傾，明皇喜品簫而唐祚幾墜。」（馬端臨《文獻通考》卷一百三十八）

這是多麼振聾發聵的歷史警示呀！

然而，這些描寫「品簫」的文人雅士或者借「品簫」來抒發幽懷悲訴的志士仁人何曾想到過，到了明代、尤其是人慾橫流的晚明，高雅的「品簫」竟然成為男女之性慾的一種極其淫穢的特殊表現形式。

淫穢到什麼程度呢？我們不妨從《金瓶梅》看起。

> 西門慶且不與他雲雨，明知婦人第一好品簫，於是坐在青紗帳內，令婦人馬爬在身邊，雙手輕籠金釧，捧定那話，往口裏吞放。西門慶垂首玩其出入之妙，嗚咂良久，淫興倍增，因呼春梅進來遞茶，婦人恐怕丫頭看見，連忙放下帳子來。……當下西門慶品簫過了，方才抱頭交股而寢。正是：自有內事迎郎意，殷勤快把紫簫吹。有《西江月》為證：紗帳香飄蘭麝，娥眉慣把簫吹。雪白玉體透房幃，禁不住魂飛魂蕩。玉腕款籠金釧，兩情如醉如癡。才郎情動囑奴知，慢慢多咂一會。（第十回）

> 西門慶先和婦人雲雨一回，然後乘著酒興，坐於床上，令婦人横躺於衽席之上，與他品簫。但見：紗帳香飄蘭麝，蛾眉輕把簫吹。雪白玉體透簾幃，禁不住魂飛魄颺。一點櫻桃小口，兩隻手賽柔荑。才郎情動囑奴知，不覺靈犀（味）美。（第十七回）

> 西門慶於是淫心輒起，摟他在床上坐。他便仰靠梳背，露出那話來，教婦人品簫。婦人真個低垂粉項，吞吐裹沒，往來嗚咂有聲。西門慶見他頭上戴金赤虎，分心香雲，上圍著翠梅花鈿兒，後鬢上珠翹錯落，興不可遏。（第六十七回）

> 交接後，柔情未足定，從下品鶯簫。這婦人的說，無非只是要拴西門慶之心，又光拋離了半月，在家久曠幽懷，深情似火，得到身，恨不得鑽入他腹中。那話把來品弄了一夜，再不離口。（第七十二回）

上述數例，都是西門慶與潘金蓮、李瓶兒等人的閨中秘戲——品簫，或者叫作「品鶯簫」。讀過這幾則例子，大家都會明白「品簫」是一種什麼樣的性行為。毫無疑問，這是屬於特別淫穢、下作的那種。儘管蘭陵笑笑生用了一些美妙的詞句來描寫這種行為，但依然無法掩蓋這種行為的淫穢性。

《金瓶梅》以後，對「品簫」進行細緻描寫的小說作品還有不少。其中，有的較為露骨，有的則更為隱諱一些。以下三段描寫就屬於那種露骨的：

> 茹氏量亦不高，飲了四五杯，不覺星眼歪斜、淫情蕩漾，一手解開吉士的褲帶，低垂粉頸，替他品簫。吉士雖曾經過許多婦人，

卻未嘗此味，弄得情興勃然，一面解帶寬衣。(《蜃樓志全傳》第十九回)

忽聽鼓打四更。碧蓮此時慾火燒身。只向百順親嘴，又用手戲弄其物，卻不與他雲雨。便馬上爬在身上，雙手捧定那話，在口裏吞放品簫，玩其出入之妙。嗚咂良久，淫興發作。(《碧玉樓》第八回)

悅來道:「我明白了，定是那第九幅的玩一兒、我記得跋上有幾句形容得來可羞可嗤，第三行內說什麼『口弄月簫，宛似清流吹竹。唇沾精液，還同賽外啖酥。』」(《載陽堂意外緣》第十二回)

在這方面寫得比較隱諱的則是一些晚清的小說，尤其是晚清那些描寫文人與妓女生活的作品。這些作品中，「品簫」並未作為一種行為來寫，而只是作為文人妓女之間相互打趣的「話題」。例如：

癡珠便道:「如今要轉仄韻才好呢。」念道:「愚夫不解身中毒，」秋痕寫著，笑道:「我接句,『夜夜吹簫品玉竹』。」癡珠笑道:「你說個品簫還好。」秋痕道:「我想那神情就像。」癡珠道:「這不是給人笑話？」秋痕道:「我和你講，怕你笑話麼？其實我是這一句，你瞧罷。」癡珠瞧著，是「短榻燒燈槍裂竹，」便笑說道:「好好的句子，卻故意要那般說，以下你自己做去，我替你改。」(《花月痕》第三十一回)

秋鶴笑道:「豈但服云乎哉？還要五體投地呢。」又笑道:「一句話，我要問你：你怎麼知道西門慶同未央生？潘金蓮品簫，未央生捲舌的戲文？你演過麼？」珊寶把秋鶴打了一下，笑罵道:「下流東西，你打起我的趣來！為什麼不去把這話同你韻妹妹說？」(《海上塵天影》第三十二章)

將最庸俗乃至淫穢的東西與最高雅的東西掛號，這是中國古典小說家的一大特長。許多秘密的、隱私的情事，那些通俗文化大師們都能「美名其曰」。如南風、如雲雨、如篾片、如吹簫、如後庭花，如銅豌豆、如倒插楊柳、如羅漢推車……如此等等，不一而足。這其實也是一種本事，一種將污穢美化的本事。試想，如果沒有這種本事，而是在性生活描寫過程中赤裸裸地表現或者表達，那還有什麼回味的餘地呢？那還有什麼審美價值可言呢？從這個意義上講，這些以「高雅」代「淫穢」的寫法對中國古代小說的創作而言，應該說也是有貢獻的。

進入角色的觀眾和演員

有很多古代小說作品中寫到「演戲」和「看戲」，一些高明的作者往往在這些戲劇表演和觀看中儘量寫出點有意義的內容。例如《紅樓夢》中的「演劇」描寫，不僅能「伏下」人物結局，還可以表現人物性格，甚至還可以製造矛盾並推動故事情節的發展。

這些我們且不去講它。更有意思的是有些人看戲居然真正「看進去」了，並產生了觸景生情的效果。有一個看戲「認真了一把」的人，大家不容易想到。他，就是《金瓶梅》中的「大色狼」西門慶。

> 西門慶令書童：「催促子弟，快弔關目上來，分付揀著熱鬧處唱罷。」須臾打動鼓板，扮末的上來，請問西門慶：「『寄真容』那一折，可要唱？」西門慶道：「我不管你，只要熱鬧。」貼旦扮玉簫唱了回。西門慶看唱到「今生難會面，因此上寄丹青」一句，忽想起李瓶兒病時模樣，不覺心中感觸起來，止不住眼中淚落，袖中不住取汗巾兒搽拭。又早被潘金蓮在簾內冷眼看見，指與月娘瞧，說道：「大娘你看他，好個沒來頭的行貨子，如何吃著酒，看見扮戲的哭起來？」孟玉樓道：「你聰明一場，這些兒就不知道了。樂有悲歡離合，想必看見那一段兒觸著他心，他睹物思人，見鞍思馬，才弔淚來。」金蓮道：「我不信。『打談的弔眼淚——替古人耽憂』，這些都是虛。他若唱的我淚出來，我才算他好戲子。」（第六十三回）

潘金蓮當然是不會弔眼淚的，因為她心如鐵、意似冰，連自己的親生母親都可以作踐，還有什麼「感情」可言？這一點，她反倒不如西門慶。西門大官人幹了千千萬萬的壞事，也玩弄過數十上百的女人，但畢竟在一片茫茫的欲海之中，向著李瓶兒搭建了一座情感的獨木橋。僅此一次也就夠了，李瓶兒也就值了。這說明在那麼多的女人之中，西門慶最動真情的還只有這位李家「六姐」。

回到本題，西門慶懷念死去的李瓶兒，是因為看戲時聽到一句唱詞而觸發的。這叫做觸景生情，但還不是進入角色。從觀眾的角度看問題，所謂進入角色，並非指硬跑到戲文中去充當一個角色，而是指的觀眾在看演出的時候，不知不覺進入戲劇所規定的情境之中。這時候，觀眾已經忘掉了身邊的真實世界，而完全融化到舞臺上的藝術世界之中，隨著劇中人的喜怒哀樂而喜怒哀樂。這種「深入角色」的高級狀態就是「干涉劇情」，或哭泣、或狂呼、或怒吼、或謾罵，甚至使演員無法正常演出下去。而「干涉劇情」的「沸點」就是由「情感宣洩」到「肢體動作」，忍不住衝上臺去，將演員當作劇中人施之以暴。

曾經聽說一個故事，在一次演出《白毛女》的時候，臺下負責警衛的一名戰士「進入角色」了，竟然摳動扳機，將舞臺上的惡霸一槍打死。

我是相信這個故事的，因為在中國古代小說中早就有這種觀眾「進入角色」的描寫。這位觀眾名叫沙爾澄，是一位三十左右而「任俠負氣」的書生。小說中描寫的背景是明代崇禎初年，魏忠賢剛剛垮臺不久。有一天，沙爾澄在德清縣土地廟前看戲，看著看著，意外的事情發生了：

> 未到土地廟前，聽得鑼鼓喧天。已上了三折，是魏太監新戲，叫做《飛龍記》。一班弋陽腔水磨到家的，扮魏監的戲子叫做秋三，是他出色長技。老沙踱到，看戲的都擠緊定了。團團走轉，卻好一個縫皮的身邊，因他在那裡，打掌主跟，人略鬆他一分兒。老沙站住腳，看正生卻是楊漣，魏閹、客氏折折打點伏案。……那沙爾澄逐折看去，早把那抱不平的肚腸點得火著。正沒處發洩，……不料看到魏監出場，分付大小官員要用非刑「大五花」酷拷楊、左、周、魏等官，不怕他不招贓認罪。那五件：黃龍三轉身，是銅蛇繞體，灌以滾油；善財拜觀音，是捆住雙手，以滾瀝青澆潑手上；敲斷玉釵，是鐵錘錘去牙齒，使其含糊難辯；相思線，是鋒快鐵索，穿過琵琶骨；一刀齊，是鋼利闊鑿，鑿去五個足趾。只見那扮的魏監，尚指天畫地用心水磨。誰料沙爾澄看到此處，怒髮衝冠，咬牙切齒，

> 喊道：「再耐不得了！」提起皮郎切刀，三腳兩步跳上臺去。揪翻魏監，按頸一刀，早已紅光亂冒，身首異處了。（《生綃剪》第七回《沙爾澄憑空孤憤，霜三八仗義疏身》）

這位沙先生真正是一位進入角色的觀眾，在對魏忠賢憤恨到「物我兩忘」的境界中，他一往無前地衝上戲劇舞臺，以迅雷不及掩耳的速度殺死了扮演魏忠賢的演員、而且是一位具有「出色長技」且「水磨到家」（用現在的話講就是具有一技之長而又精益求精）的優秀演員。

然而，這樣進入角色的觀眾並非只有小說《生綃剪》中這麼一位沙爾澄。在略早於《生綃剪》的一部戲劇作品——李玉領銜創作的《清忠譜》中，也有一位極其進入角色的觀眾。不！嚴格而言，應該是聽眾。因為這位好漢所光顧的不是戲園，而是書場。也就是在聽說書的過程中，他聽著聽著，忽然大發雷霆，鬧了個不亦樂乎。何以如此？因為他聽到了南宋愛國名將韓世忠受到了姦臣童貫的窩囊氣，於是他與沙爾澄一樣，實在是「再耐不得了」！

> 〔付開講介〕……廣陽王分付請聖旨來。十來個將官抬出龍亭，裏面又走出一位將官，捧著聖旨，立在中間。韓元帥躬身下跪。那官兒開著聖旨讀道：「韓世忠按兵不舉，喪師辱國，失守封疆，囚解來京。」讀詔才完，眾將官推著一輛囚車到帳。廣陽王道：「奉聖旨，速將韓世忠跣剝，上了刑具，釘入囚車。」眾軍士就將韓元帥剝了盔甲，上了鐐杻，推入囚車，四面把鐵釘釘了。韓元帥那時真個是「渾身是口不能言，遍體排牙說不得」了。……〔淨拍桌怒嚷介〕講這樣歪書，講這樣歪書！〔眾共驚介〕卻是為何，這般亂嚷？〔淨〕可惱，可惱！童貫這驗狗，作惡異常，教我那裡按捺得定！〔付〕從來說書，有好有歹，何須動得肝經？〔淨〕這等惡人，說他怎麼？〔付〕既是惡人，你不要聽他便了。〔淨踢翻書桌介〕〔付〕這是那裡說起？〔淨〕我就打你這狗弟子。〔眾攔勸介〕他是說書的先生，為何打他？（第二折《書鬧》）

此處的「付」，乃是說書藝人李海泉，「說得好《岳傳》」，被周文元請到姑蘇李王廟前「開設書場」。不料，聽眾中有一位「淨」，亦即顏佩韋，「平生任俠，意氣粗豪」。當他聽到《岳傳》中廣陽王童貫要將囚車帶走抗金名將韓世忠的時候，「那裡按捺得定」？竟然踢翻桌子，大打出手。幸而邊上聽眾甚多，說書藝人李海泉僅僅挨了顏佩韋幾下拳腳而已，還不至於像戲劇演員秋三那樣被觀眾殺死在當場。但無論如何，沙爾澄和顏佩韋的進入角色的激動卻是一般無二的。你看，一個「再耐不得了」！一個「那裡按捺得定」？從中，也可見得民間文學藝術之巨大的感人力量！

然而，民間藝術感人的力量還不止於此。它不僅可以感動觀眾，甚至可以感動演員自己。

按道理，演員是預先知道劇情的，而且，有的劇本已經表演過數十百遍，其被感動的程度應該大大低於觀眾。況且，一般說來，演員都應該具備一種基本素質，打動觀眾而自己不被打動。譬如相聲演員，他要讓觀眾笑，但他自己卻不能笑，必須繃著。再如戲劇演員，他演到悲情萬分的時候，要讓觀眾哭，而他自己卻只能做「哭科」「哭介」，也就是做一些擦眼淚的動作，而不能真哭。真哭可就麻煩了，如果眼淚沖毀了臉上的粉墨，還能繼續演出嗎？這也是中國古代戲曲演員與當今的電影電視劇演員最大的不同點之一。中國古代戲曲演員是通過「程序」和「行當」表演劇情、塑造人物，而當今電視電影演員則是直接表演劇情、塑造人物。因此，電影電視演員可以真「哭」而戲曲演員卻只能假「哭」。

但是，上面說的只是一般情況。既有一般，當然就有特異。在中國古代戲曲舞臺上，還真有那麼一位特殊的演員，她既不演程序，也不演劇情，而是表演了自己！當然，之所以如此，也是因為那劇情和程序與她自己的命運竟是如此吻合，乃至於稱得上是絲絲入扣的緣故。請看這一位年輕的悲情表演藝術大師捨死忘生的表演：

> 《磵房蛾術堂閒筆》云：「杭有女伶商小玲者，以色藝稱，於《還魂記》尤擅場。嘗有所屬意，而勢不得通，遂鬱鬱成疾。每作杜麗娘《尋夢》、《鬧殤》諸劇，真若身其事者，纏綿淒婉，淚痕盈目。一日，演《尋夢》，唱至『待打併香魂一片，陰雨梅天，守得個梅根相見』。盈盈界面，隨聲倚地。春香上視之，已氣絕矣。臨川寓言，乃有小玲實其事耶？」（焦循《劇說》卷六）

如此進入角色的演員真是罕見！但有幾點，不知大家注意到沒有？

第一，這位演員生活的地點是在杭州，杭州是一個「情文化」的薈萃地，西湖簡直就是由愛情的眼淚匯聚而成的。這裡有梁山伯、祝英臺、蘇小小、白娘子、馮小青……，為什麼不能再加一個商小玲？

第二，這位演員生活的時間是明末清初，因為焦循（1763～1820）生活在清代乾隆、嘉慶間，他所記載的事情不會晚於此間。那麼，從湯顯祖的時代到焦循的時代，文壇的內在精神是什麼？答曰：哀情文學。從戲曲到小說，從詩苑到詞林，一片感傷色彩，重重悲哀氛圍。《長生殿》《桃花扇》《秣陵春》《水滸後傳》《續金瓶梅》《紅樓夢》以及王士禛等人的詩、納蘭性德等人的詞，無不如此。在這麼一個充滿哀情文學的時代，商小玲想不「哀情」都不可能。

第三，這位演員所演的劇本，恰恰是反映天地間至情的《牡丹亭》。她所表演的情節，恰恰是最為纏綿幽怨的《尋夢》。她的場上唱詞恰恰是最叩擊心扉的「待打併香魂一片，陰雨梅天，守得個梅根相見」。她怎麼可能不暈倒？

第四，這位演員不僅臨場演出能深入劇情，就是在平時，她早已癡迷並深入到那些感人的劇情片斷之中去了。「每作杜麗娘《尋夢》、《鬧殤》諸劇，真若身其事者，纏綿淒婉，淚痕盈目」。有如此深厚的心理基礎，更兼之現場觸發，她倒在臺上已成為必然。

第五，最重要的「第五」，這位年輕漂亮的女演員在自己的非舞臺生活中，早已有了現實世界的「意中人」，但由於種種原因，有情人未能成眷屬。因此，商小玲「鬱鬱成疾」。這與《牡丹亭》中的杜麗娘何其相似！她能不倒下嗎？她不倒下，對不起杜麗娘，更對不起她自己！

綜合以上，我們可以這麼說，商小玲在舞臺上演的既是杜麗娘，更是她自己！為自己的永恆的愛情而作出舞臺上剎那間的犧牲，商小玲死得其所！

世俗社會對於優秀演員的評價往往是說某某人把劇中人演「活」了。故而，一部戲曲史中便留下了「活曹操」「活孔明」「活關公」「活魯肅」「活武松」「活寶玉」等等美譽。通過這些美譽，也造就了那些著名演員的青史留名。

但我覺得商小玲也應該留名青史。因為，那些演員將人物演活了，而我們的商小玲卻將自己演死了。但是，就在她倒在舞臺的那一瞬間，她留下了一個精品舞臺形象——商小玲與杜麗娘的混合體、演員與角色的統一體。

一個用青春、淚水、熱血、生命進行舞臺表演的演員，難道不應該永垂不朽嗎？

商小玲之死，正好印證了湯顯祖的一段話：「情不知所起，一往而深。生

者可以死，死可以生。生而不可與死，死而不可復生者，皆非情之至也。」（《牡丹亭題詞》）

商小玲死了，她以自己的生命印證了杜麗娘的偉大、《牡丹亭》的偉大、湯顯祖的偉大、中國古代戲曲的偉大、中國古代通俗文學藝術的偉大！

其實，印證上述最後一個「偉大」的還有西門慶、沙爾澄、顏佩韋等文學作品中的人物。這就「雙倍」印證了中國古代通俗文學藝術感人力量的無窮大！

那些從事大眾文藝創作和演出的人們，難道你們沒有感覺到藝術良心的重負嗎？

應伯爵及其「徒弟」

《金瓶梅》中的應伯爵是一個典型的幫閒無賴，但同時他又是一位絕妙的表演藝術家。當這位應花子講述某一件事情的時候，往往是眉飛色舞、手舞足蹈、唾沫橫飛、青筋直冒的。蘭陵笑笑生對應伯爵的精彩表演時有入骨三分的神來之筆，例如書中所寫到的「學說武松打虎」一段，就令人洗眼相看：

> 西門慶因問道：「你吃了飯不曾？」伯爵不好說不曾吃，因說道：「哥，你試猜。」西門慶道：「你敢是吃了？」伯爵掩口道：「這等猜不著。」西門慶笑道：「怪狗才，不吃便說不曾吃，有這等張致的？」一面叫小廝：「看飯來，咱與二叔吃。」伯爵笑道：「不然咱也吃了來了，咱聽得一件稀罕的事兒，來與哥說，要同哥去瞧瞧。」西門慶道：「甚麼稀罕事？」伯爵道：「就是前日吳道官所說的景陽岡上那隻大蟲，昨日被一個人一頓拳頭打死了。」西門慶道：「你又來胡說了，咱不信。」伯爵道：「哥，說也不信。你聽著，等我細說。」於是手舞足蹈說道：「這個人有名有姓，姓武名松，排行第二，」先前怎的避難在柴大官人莊上，後來怎的害起病來，病好了又怎的要去尋他哥哥，過這景陽岡來，怎的遇了這虎，怎的怎的被他一頓拳腳打死了。一五一十說來，就像是親見的一般，又像這隻猛虎是他打的一般。（第一回）

應伯爵的這番表演，可謂聲情並茂。尤其是最後形容武松打虎一段，更是令人感覺到他直從紙上走將下來。讀了這樣的描寫，我們似乎看到應伯爵形體語言與口頭語言的相得益彰。這樣的敘事是分外動人的，不僅僅是應伯爵敘事的動人，更是作者描寫應伯爵敘事的動人。這樣，才算真正寫「活」了人物。

蘭陵笑笑生在《金瓶梅》中所塑造的應伯爵形象，應該是不可重複的，但這並不妨礙後代作家對這種寫法的借鑒和模仿。或者說，應伯爵的形象是不可在其他小說作品中再生的，但這並不妨礙他的徒弟在另外的小說作品中出現。非但是「出現」，有時候還能一展風姿哩！我們且看應花子的一個徒弟苗禿子的表現：

> 次日未牌時候，一入鄭三的門，便大喝小叫道：「我是特來報新聞的！」鄭三家兩口子，迎著詢問。他又不肯說，一定著請蕭麻子去。少刻，蕭麻子到來；又把金鐘兒、玉磬兒都叫出來，同站在廳屋內，方才說道：「我報的是溫如玉的新聞。」金鐘兒道：「他有什麼新聞？想是中了。」苗禿子道：「倒運實有之。若說中，還得來生來世。偷卻被人偷了個精光。」蕭麻子道：「被人偷了些甚麼？」苗禿子道：「小溫兒這小廝，半年來甚是狂妄。他也不想想，能有幾貫浮財，便以大老官氣象待我們？月前他回家時，帶回銀六百餘兩，一總交與他家家人韓思敬收管，他下場去了。本月十二日，也不知幾更時分，被賊從房上下去，將銀子偷了個乾淨，如今在泰安州稟報，這豈不是個新聞麼？」鄭三道：「這話的確麼？」苗禿子道：「我還有個不說話的先生在此。」遂將替韓思敬寫的報竊的稿兒取出，對眾人朗念了一遍；又將賊從某處入，從某處出，韓思敬如何驚恐，地方鄰里如何相商，指手動腳忙亂了個翻江倒海，方才說完。（《綠野仙蹤》第五十六回）

其實，苗禿子的表演藝術較之其「師傅」應伯爵而言要差了很多，他的「大喝小叫」怎能比得上應伯爵的「掩口」而笑？他的「指手動腳忙亂了個翻江倒海」又哪裏比得上應伯爵的「手舞足蹈」「怎的怎的」「就像是親見的一般，又像這隻猛虎是他打的一般」？但是，應伯爵的「徒弟」實在是不太多見，因此，我們只能特意舉出這麼一位苗禿子以說明應花子畢竟有傳人而已。

像應伯爵這樣的人物形象罕見，像應伯爵「學說武松打虎」一段更為罕見，這實在是中國古代小說史的一大遺憾。

低賤而又恥辱的「綠」

《紅樓夢》裏的冷郎君柳湘蓮有一句名言:「你們東府裏除了那兩個石頭獅子乾淨,只怕連貓兒狗兒都不乾淨。我不做這剩忘八。」(第六十六回)人們覺得這句話尤其妙在「剩忘八」三字,忘八就忘八,怎麼還有新鮮、剩餘之區別?大概在作者看來,所謂剩忘八,就是比忘八還要忘八的意思吧。其實,早就有人指出,曹雪芹的這個絕妙的比喻是從蘭陵笑笑生那裡學來的而又加以發揮的。

《金瓶梅》中的龐春梅也有一句名言,是罵一個叫做李銘的人的:「賊忘八,你也看個人兒行事,我不是那不三不四的邪皮行貨,教你這忘八在我手里弄鬼,我把忘八臉打綠了!」(第二十二回)忘八的臉原本是什麼顏色的,大家誰也沒有注意,但龐春梅的話,分明也是罵李銘,要將他的忘八面目暴露得更充分,或者是讓他比一般的忘八更著忘八特徵的意思。

那麼,為什麼一定要將李銘的臉「打綠了」,才使對方更具忘八「風采」呢?

我們不妨先來看李銘的身份。他是「樂工」,是「小優兒」。這是一種很低賤的身份,低賤得差不多可以與妓院裏的烏龜忘八劃等號。因為在古代中國,倡優一體,是人們慣常的認識。而且,在倡優之間,一般實行的是行業內部的婚配,其他的人,在正常情況下是不與倡優通婚的。更何況,李銘就是李嬌兒的弟弟。書裏說得很清楚:「教李嬌兒兄弟樂工李銘來家,教演習,學彈唱。春梅琵琶、玉簫學箏,迎春學弦子,蘭香學胡琴。」(第二十回)李銘就是因為在手把手教春梅學琵琶時,「下手」重了點,才遭到春梅那一頓臭罵的。須知,龐春梅自己雖然也是個丫鬟,但她骨子裏就是瞧不起李銘這種人。因為李銘的姐姐李嬌兒在嫁到西門慶家裏來之前，就是個妓女。妓女的兄弟，又是在行院裏混的樂工小優兒，李銘不是「忘八」能是什麼？

我們看過一些小說、電影或電視劇，中間往往有惡霸欲調戲、姦淫女戲子的情節，而某些堅貞不屈的女戲子往往會說：「對不起！我是賣藝不賣身的。」剛開始看到或聽到這句話，我們大都會讚揚這女子的氣節和剛烈。但是，讀著讀著，另一種「解讀」會驀然湧上心頭。女戲子為什麼要聲明「賣藝不賣身」？難道沒有聲明這一點的女戲子竟是既賣藝又賣身的嗎？仔細一想，倒的確是這麼一回事。正因為在封建時代一般女戲子是既賣藝又賣身的，所以，那不願意接受侮辱的女戲子才特別聲明自己「賣藝不賣身」。或許有人會問，你這樣說，有證據嗎？當然有！首先是李漁《連城璧》中的描述：

> 天下最賤的人，是娼優隸卒四種。做女旦的，為娼不足，又且為優，是以一身兼二賤了。……別處的女旦，就出在娼妓裏面，日間做戲，夜間接客，不過借做戲為由，好招攬嫖客。……這個女旦姓劉，名絳仙，是嘉靖末年的人。生得如花似玉，喉音既好，身段亦佳，資性又來得聰慧。……沒有一個男人，不想與他相處。他的性子，原是極圓通的，不必定要潘安之貌，子建之才，隨你一字不識，極醜極陋之人，只要出得大錢，他就與你相處。只因美惡兼收，遂至賢愚共賞，不到三十歲，掙起一分絕大的家私，封贈丈夫做了個有名的員外。他的家事雖然大了，也還不離本業。家中田地，倒託別人管照，自己隨了丈夫，依舊在外面做戲。（第一回《譚楚玉戲裏傳情，劉藐姑曲終死節》）

你看，劉絳仙夫妻都是戲班子裏的人，行業內部婚配。這位著名的「坤旦」就是既賣藝又賣身的，而且靠此項收入掙得了一份大大的家私。在李漁看來，這種娼優一體的女人就是「一身兼二賤」的，而且這是戲班子中的正常形象。

稍晚的《小奇酸志》一書。對這方面的描寫就更加詳盡了。我們且看幾個片斷：

> 大戶娘子道：「你二人叫什麼名字？」一個應道：「我叫鳳兒。」一個應道：「我叫玉兒。」說：「你們都是一對一對的麼？」二人答道：「都是夫妻。」……這一對男女，扮生的叫芳官，唱旦的叫美姐，

都不過二十年紀。芳官不過中平，這個美姐真有沉魚落雁之容，閉月羞花之貌。（第十九回）

官人只得等候，與玳安閒談。等了半日，老闆才來了。進門就磕頭，說：「不知今日大駕光臨，小的才出去買脂粉去了，他們也不認得，茶還無遞呢。」官人說：「我又沒說下，你怎得知道？不大緊，你姓什麼？」老闆說：「小的姓毛。」……官人說：「你笑話我，我就不饒你。」順手牽羊把美姐拉到裏間屋裏，老毛忙把笛子放下來，就溜了。……美姐說：「不用忙。」把桌子挪在一邊，兩個坐褥湊成一處，說：「我還得告使，去了就來。」說罷獨往前頭去了，去彀多時，只見他脫了裙子，口含著香茶，笑嘻嘻的不進來，官人急了，跑出來，抱入房中。二人殢雨尤雲，魚水和偕，說不盡相親相愛，百樣溫柔。足有兩個時辰。雲雨已畢，二人復又入席。老毛又來了，說：「請老爹吃飯罷。」（第二十一回）

酒過三巡，老闆拿了傢伙來，四個人下了地，兩個兩個的對唱，每人唱了一個帽兒。官人說：「美姐與鳳兒打花鼓，三元同玉兒唱《雙漁婆》。」……官人見他們不來，趁著酒性，順袋中取出一丸三元丹，用酒送下，把四個婦人都帶到屋裏，脫了衣衫，樂了個夜度四美。只見美姐、三元、鳳兒、玉兒掙強賭勝，頂針緒麻，侍奉官人。把西門慶喜了個事不有餘。自日西直狂到四更，滿床雲霧，香汗淋漓，樂極情濃，雲行雨施方睡。（第二十四回）

這些女戲子都是有丈夫的，丈夫也是優伶，就在同一戲班中。然而，無論是美姐與西門慶「單獨相處」，還是四美與西門慶「頂針緒麻」，她們的丈夫是絕對不會露面的。就連班主老毛也是知情識趣，當退則退，當來則來。可見，在封建時代，女戲子的的確確是娼優一體的「低賤」者。而他們的丈夫，那些男戲子們，又與忘八沒有什麼區別了。

但「忘八」又是怎樣與「綠色」掛上鉤的呢？首先是社會地位低賤者，很早就與「綠色」掛鉤了。

《漢書·東方朔傳》載：「主贊履起，之東箱自引董君（董偃）。董君綠幘傅韝，隨主前，伏殿下。」顏師古注曰：「綠幘，賤人之服也。」

可見早在漢代，身份低賤之人所戴頭巾即為綠色。

唐代，甚至還有以「碧頭巾」侮辱人的事情發生。王讜《唐語林》卷一

「政事上」載：「李封為延陵令，吏人有罪，不加杖罰，但令裹碧頭巾以辱之。隨所犯輕重，以日數為等級，日滿乃釋。吳人著此服出入，州鄉以為大恥，皆相勸勵無敢犯，賦稅常先諸縣。既去官，竟不捶一人。」

這位李大人究竟是好官還是壞官，還真是說不清楚。說他行暴政吧，從上任到離任，並沒有捶楚一人。說他行善政吧，手下人犯了錯誤，就得戴著綠頭巾到處行走。這種精神打擊看來比肉體打擊更為厲害，而且很有效果。他們縣的稅收任務不是每年都比兄弟縣完成得更早更好嗎？

明人郎瑛《七修類稿》卷二十八「辯證類」中有「綠頭巾」一則，涉及此事，但隨後又舉出了比董偃更早的關於低賤而恥辱的「綠」的故事。他說：

> 吳人稱人妻有淫者為綠頭巾，今樂人朝制以碧綠之巾裹頭，意人言擬之此也。原唐史李封為延陵令，吏人有罪，不加杖罰，但令裹碧綠巾以辱之，隨所犯之重輕以定日數，吳人遂以著此服為恥意。今吳人罵人妻有淫行者曰綠頭巾，及樂人朝制以碧綠之巾裹頭，皆此意從來。但又思當時李封何必欲用綠巾？及見春秋時有貨妻女求食者，謂之娼夫，以綠巾裹頭，以別貴賤。然後知從來已遠，李封亦因是以辱之，今則深於樂人耳。

原來早在春秋時期，就有讓妻子出賣色相而換得飲食者，他們戴的就是綠頭巾。不管郎瑛這個說法是否真實，有一點可以肯定，自古以來，男人們都忌諱綠頭巾，因為那就是「忘八」的標誌。

想不到，到了元代，朝廷卻以制度的方式規定倡優們要將這種恥辱公開頂在自己的頭上。《元史》卷四十《順帝紀》載：「禁倡優盛服，許男子裹青巾，婦女服紫衣，不許戴笠、乘馬。」你看，高貴者就是這樣對待低賤者的。

明代統治者繼續這種人身侮辱性的服飾制度。徐復祚《三家村委老談》中就有這方面的記載：「國初之制，伶人常戴綠頭巾，腰繫紅褡膊，足穿布毛豬皮靴，不容街中走，此於道旁左右行。」

有人還進一步將綠色、低賤、倡優三者聯繫在一起來說明問題：「董偃，武帝時人，以綠幘見天子，……幘本賤者之服。綠幘，又其賤者，近代樂工著綠頭巾，亦此意也。」（謝肇淛《五雜俎》卷十二「物部」四）

大體相近的記載，在沈德符那兒也可看到：「按祖制，樂工俱戴青卍字巾，繫紅綠搭膊，常服則綠頭巾，以別於士庶，此《會典》所載也。」（《萬曆

野獲編》卷十四「教坊官」條）

當然，在明代也少不了將「綠頭巾」與「烏龜」放在一起討論者。《五雜俎》卷八「人部」四謂：「今人以妻之外淫者，目其夫為烏龜。蓋龜不能交，而縱牝者與蛇交也。隸於官者為樂戶，又為水戶。國初之制，綠其巾以示辱。蓋古赭衣之意，而今亡矣。然里閈尚以綠頭巾相戲也。」

更有意思的是，不僅人類在統治者以「綠頭巾」侮辱低賤的倡優的前提下「里閈尚以綠頭巾相戲」，而且，就連花妖狐媚們也用「綠帽子」給人類開起了玩笑。清人俞蛟在其筆記小說《夢廠雜著》中，給我們留下了一個關於「綠頭巾」的趣事：

> 吳趨有善畫者，胡其姓，承業其名。……武林大賈黃君美，聞其名招致之，峨冠盛服，箕踞胡床，令圖己貌。寫畢，出諸姬捧盤盂，持巾櫛，冶容豔態，圖之無不畢肖。內一姬素服淡妝，尤娟秀。胡凝注之，掩口而笑，胡焉心動。黃適為友人招飲，至晚不歸。胡至次日午後，渲染鉤勒，始竣繪事。因黃未返，卷而置諸案，俟黃歸令僕進之。黃展閱，見冠上朱纓碧於春草。世俗以人妻妾有淫行者，謂之戴綠帽。富貴而多姬侍，於綠帽忌之尤甚。……黃以其侮己也，大怒，火其畫，令群僕毆而逐之。胡矢天誓地，力焉致辯。然畫後無他人展視，即僕人持進，亦在俄頃間，惟連呼怪事而已。（卷八《胡承業》）

後來，這位倒楣的畫家在暮色蒼茫時徘徊於路邊，忽然遇到一位老媼，將他帶到家中，並請他喝酒。到半夜時分，又給他弄來一美女，鎖上門，要他們做露水夫妻。畫家仔細一看，這名女子原來就是在黃家對他嫣然一笑的侍姬。但畫家頗為自重，一個晚上沒有招惹這女子。直到老媼講明真相，他才恍然大悟。原來，老媼其實是狐仙，他預計黃君美為富不仁必有災難，又知道畫家與侍姬有一笑姻緣。因而，在畫面上動了手腳，將紅色的帽纓弄成了綠色。與黃君美和胡承業開了一個「公共」玩笑。最後，又讓胡承業帶著美人遠走他鄉，過幸福生活去了。

真是令人難以想像，那低賤而又恥辱的「綠」，居然還能導致這麼一個意趣盎然的桃色故事。這大概也是一開始的時候高貴者們用綠色來侮辱低賤者時意料之外的事吧。

百姓心中的「盜」與「官」

《金瓶梅》中的西門慶其實是一個非常「陽剛」的人物。不過，他的「英雄氣」與《三國》《水滸》中的英雄好漢不同，它並非體現在戰場上的廝殺或江湖中的打鬥，而是在金錢方面的「掠奪」。從這個意義上講，他也是一名「強盜」，而且是一名「劇盜」。然而，西門慶更為偉大或者說更為劃時代的地方乃在於他在「盜」與「官」之間劃了一個大大的等號。一個極善經濟掠奪的強盜居然當上了山東省分管刑罰的地級幹部——「山東提刑所」「理刑副千戶」。這個等號是西門慶的乾爹「宰相兼太師」的蔡京幫他劃上的，理由是西門大官人送了乾爹好多好多的「錢」。關於這方面的情況，《金瓶梅》中寫得很清楚：

> 太師又向來保說道：「累次承你主人費心，無物可伸，如何是好？你主人身上可有甚官役？」來保道：「小的主人一介鄉民，有何官役？」太師道：「既無官役，昨日朝廷欽賜了我幾張空名告身箚付，我安你主人在你那山東提刑所，做個理刑副千戶，頂補千戶賀金的員缺，好不好？」來保慌的叩頭謝道：「蒙老爺莫大之恩，小的家主舉家粉首碎身，莫能報答。」於是喚堂候官抬書案過來，即時僉押了一道空名告身箚付，把西門慶名字填注上面，列銜金吾衛衣左所副千戶、山東等處提刑所理刑。（第三十回）

作者蘭陵笑笑生對此也是義憤填膺，緊接著，他不顧故事情節的進展，公然跳出發表評論：「天下失政，姦臣當道」，「賣官鬻爵，賄賂公行，懸秤陞官，指方補價」。

其實，在中國古代小說中，與蘭陵笑笑生觀點相同甚至有過之而無不及的大有人在。他們發表了許多關於「盜」與「官」的言論，而這些言論無一不是站在黎民蒼生的角度闡發的。我們先從作者直接發表的言論看起：

> 如今人最惱的無如強盜，不知強盜豈沒人心？豈不畏法度？有等不拿刀斧強盜，去剝削他，驅迫他。這翻壯士有激胡為，窮弱苟且逃死，便做了這等勾當。（《隋史遺文》第十八回）

> 話說世人最怕的是個「強盜」二字，做個罵人惡語。不知這也只見得一邊。若論起來，天下那一處沒有強盜？假如有一等做官的，誤國欺君，侵剝百姓，雖然官高祿厚，難道不是大盜？有一等做公子的，倚靠父兄勢力，張牙舞爪，詐害鄉民，受投獻，窩贓私，無所不為，百姓不敢聲冤，官司不敢盤問，難道不是大盜？有一等做舉人秀才的，呼朋引類，把持官府，起滅詞訟，每有將良善人家拆得煙飛星散的，難道不是大盜？（《拍案驚奇》卷八《烏將軍一飯必酬，陳大郎三人重會》）

> 離山四十里，有所黃土山，寨主姓趙名虎，上界白虎星降世。因為官逼民反，便上山為王。百姓遵仰，混名公道大王。（《大漢三合明珠寶劍全傳》第十九回）

這些議論，直接指出了「盜」是由「官」創造的，也就是「官逼民反」。而所謂「官」，其實是「不拿刀斧強盜」。甚至可以說，一般意義上的「盜」只是小小的「盜」，而天下最大的「盜」則是那些「誤國欺君，侵剝百姓」的「做官的」。這真是精彩絕倫、透闢到底的議論。

當然，小說作者們也知道僅僅發幾句議論是不頂用的，最好是將抽象化的議論與形象化的描寫融為一體，那樣才能使讀者產生更為深刻的印象。且看凌濛初筆下大盜與捕盜者的「蛇鼠一窩」「貓鼠同眠」的動人景象：

> 指揮驚喜，大加親幸。懶龍也時常有些小孝順，指揮一發心腹相託，懶龍一發安然無事了。普天下巡捕官偏會養賊，從來如此。有詩為證：貓鼠何當一處眠？總因有味要垂涎。由來捕盜皆為盜，賊黨安能不熾然？（《二刻拍案驚奇》卷四十《神偷寄興一枝梅，俠盜慣行三昧戲》）

江湖大盜與捕盜官相互體貼、互相尊敬、相互幫助、相互依靠，這真正是「其樂也融融」。但苦了誰何？當然是老百姓。因此，人民並不歡迎這種沆瀣一氣、狼狽為奸的貓鼠同眠，人們希望「盜」懲罰「官」為自己出一口惡氣。還是聊齋先生理解人民的意志，他寫了一個山大王搶劫了巡撫的錢財以後對這位老爺的警醒和忠告：

> 州佐解袱出函，公折視未竟，面如灰土。命釋其縛，但云：「銀亦細事，汝姑出。」於是急檄屬官，設法補解訖。數日，公疾，尋卒。先是，公與愛姬共寢，既醒，而姬髮盡失。闔署驚怪，莫測其由。蓋函中即其髮也。外有書云：「汝自起家守令，位極人臣。賕賂貪婪，不可悉數。前銀六十萬，業已驗收在庫。當自發貪囊，補充舊額。解官無罪，不得加譴責。前取姬髮，略示微警。如復不遵教令，旦晚取汝首領。姬髮附還，以作明信。」公卒後，家人始傳其書。(《聊齋誌異・王者》)

《王者》是真正的警策之篇，它借一位強盜的書信警告世上所有的貪官污吏，不得再向人民伸手！如果伸手，你的腦袋就會保不住！在這裡，官府是盤剝人民的，而強盜則是護衛人民而懲戒官府的。這種奇怪的邏輯在中國封建時代不知演述了幾千百回，以至於有的民眾形成了寧願選擇強盜也不選擇官兵的離奇「心理定式」。而我們的小說作家，居然也就如實地反映了出來：

> 不日到了鵝埠。三三兩兩傳說：「姚大王占住了羊蹄嶺，前月殺敗了碣石鎮兵馬，這幾月提標就有官兵到來征剿。我們不怕強盜，只怕官兵，一到此地，定要遭瘟，趁早收拾躲避。」(《蜃樓志全傳》第十三回)

「我們不怕強盜，只怕官兵」。這是多麼打人眼的口號呀！這又是經歷了多少苦難以後發自內心的痛苦呻吟啊！人民是這樣認識強盜的，那麼，強盜又是怎樣看待自己的呢？或者說，他們是怎樣為自己的「強盜」行為找到充分理由的呢？

> 王直一日說道：「如今都是紗帽財主的世界，沒有我們的世界！我們受了冤枉，那裡去叫屈？況且糊塗貪贓的官府多，清廉愛百姓的官府少。他中了一個進士，受了朝廷多少恩惠，大俸大祿享用了，還只是一味貪贓，不肯做好人，一味害民，不肯行公道，所以梁山泊那一班好漢專一殺的是貪官污吏。」(《西湖二集》第三十四卷《胡少保平倭戰功》)

由此推斷，「強盜的邏輯」就是：當強盜的首要任務就是殺貪官。強盜們是這樣幹的，也是這樣說的。在他們的眼睛中，只要是當官的，就沒有什麼好東西。且看一位剪徑者的心裏話：「內中一個頭目說：『上任的更走不了的，宋朝的官有什麼好人，必是贓官污吏！孩兒們，與我拿上山去。』」而這位強盜頭目的觀點就是他的上級——山大王教導出來的：「李天王大怒道：『大宋的官兒，哪有好的？』」（《小奇酸志》第三十七回）

其實，對於強盜而言，這還是非常淺層次的認識。因為他只是說明了自己之所以當強盜，主要是因為貪官的緣故。但是，就如同《水滸傳》裏的宋江等人一樣，如果皇帝表面上表現好一點，假裝說要整頓吏治，懲罰貪官，現在請強盜們放下刀槍，接受朝廷招安，朕讓你們當「不貪」的官，那又如何呢？小說作者、當然是晚清的小說作者通過書中強盜之口，談出了遠比宋江等人更為清醒、更為激烈的認識。這位強盜名叫「強如虎」，這篇作品名叫《盧梭魂》，這位作者署名「懷仁」。且看這一段驚世駭俗的言論：

> 他還說出一篇議論。他說：「從來做強盜的總是無頭無尾，有始有終，沒有一個出色的人物，便是那瓦岡寨里程咬金，梁山泊上宋公明，也算人人知道的了，其實也是不爭氣的東西，才做了幾年強盜，便也有了勢利心，陡地洗了手，說什麼改邪歸正，棄暗投明，當真那小秦王、趙官家他們，也夠得上說是正、說是明嗎？也不過是爭土地奪江山的一個強盜罷了，也值得那樣去奉承他！近來還有什麼黃三太、黃天霸這一起混帳東西，更是可恨，自家洗了手也沒有甚麼要緊，他偏窩裏放炮，捉住一家人當做禮送。他要碰在老子手裏，管把他一副奴才面孔剝下來。」（《盧梭魂》第六回）

原來「小秦王」唐太宗、「趙官家」宋徽宗都是強盜，至於黃天霸父子所奉承的康熙大帝恐怕也逃脫不了強盜的「惡謚」了。這真是石破天驚的大理論！

有時候，小說作者甚至覺得那大段大段的議論和描寫尚不能高度概括自己是思想，還不如將這種官亦盜、盜亦官的現象用歌謠的形式表達出來，豈不是更加言簡意賅？於是就有了下面的精品：

> 只可笑賈廉訪堂堂官長，卻做那賊的一般的事。曾記得無名子有詩云：「解賊一金並一鼓，迎官兩鼓一聲鑼。金鼓看來都一樣，官人與賊不爭多。」又劇賊鄭廣受了招安，得了官位，曾因官員每做詩，他也口吟一首云：「鄭廣有詩獻眾官，眾官與廣一般般。眾官做官卻做賊，鄭廣做賊卻做官。」（《二刻拍案驚奇》卷二十《假廉訪

贗行府牒，商功父陰攝江巡》）

有詩為證：只因強盜設捕人，誰知捕人賽強盜！買放真盜扳平民，官法縱免幽亦報。（《醒世恒言·張廷秀逃生救父》）

上面所引的《二刻拍案驚奇》卷四十中那首「貓鼠同眠」歌，其實也是這個意思。然而，更令人感到解穢的是有些作者竟然將這種「官不如盜」的思想從白紙黑字的「無聲戲」小說而移到五彩繽紛的「有聲戲」舞臺上。這位勇敢的戲劇作家名叫葉稚斐，這篇令人刮目相看的戲劇作品名叫《琥珀匙》。我們不妨來看看相關記載：

《琥珀匙》，吳門葉稚斐作，變名陶佛奴，即傳奇中翠翹故事。中有句云：「廟堂中有衣冠禽獸，綠林內有救世菩提。」為有司所恚，下獄幾死。（焦循《劇說》引《藺甕閒話》）

儘管後來作者迫於官府淫威而無可奈何將「廟堂中有衣冠禽獸，綠林內有救世菩提」這兩句改成「怪盜跖衣冠，沐猴廊廟」（《琥珀匙》第十八出《傳歌》），但內在含義其實還是一樣的。這位葉稚斐先生真正是大膽而又執著，一句關鍵的唱詞，改來改去，仍然要說，強盜中有好人，官府中有混蛋！總之是「官不如盜」。

如果說葉稚斐的劇作在表達這種代表廣大民眾的意願的時候是以閃光的亮點見長的話，那麼，金聖歎在自己的小說評點中則將這一觀點表達得淋漓盡致，甚至有點反覆纏綿。

金聖歎在《水滸傳》第一回回前總批中說：「一部大書七十回，將寫一百八人也。乃開書未寫一百八人，則先寫高俅者。蓋不寫高俅，便寫一百八人，則是亂自下生也；不寫一百八人，先寫高俅，則是亂自上作也。」

這段話十分尖銳地指出了產生強盜的根源不在「下」而在「上」，其根本原因是「亂自上作」，也就是許多論者反覆了千百遍的「官逼民反」。在第二回的回前總批中，金聖歎借評價史進再次點明了梁山好漢造反的原因：「才調皆朝廷之才調也，氣力皆疆埸之氣力也，必不得已而盡入水泊，是誰之過也？」

是誰之過？答案在金聖歎那裡是十分明確的：「夫江等之終皆不免於竄聚水泊者，有迫之必入水泊者也。」（第三十一回回前總批）

迫之而入水泊者究為何人？金聖歎又有具體的回答：

嗟乎！吾觀高廉倚仗哥哥高俅勢要，在地方無所不為；殷直閣

> 又仗姐夫高廉勢要，在地方無所不為，而不禁愀然出涕也。曰：豈不甚哉！夫高俅勢要，則豈獨一高廉倚仗之而已乎？如高廉者，僅其一也。若高俅之勢要，其倚仗之以無所不為者，方且百高廉正未已也。乃是百高廉，又當莫不備有殷直閣其人；而每一高廉，豈僅僅於一殷直閣而已乎？如殷直閣者，又其一也。若高廉之勢要，其倚仗之以無所不為者，又將百殷直閣正未已也。夫一高俅，乃有百高廉；而一高廉，各有百殷直閣，然則少亦不下千殷直閣矣；是千殷直閣也者，每一人又各自養其狐群狗黨二三百人，然則普天之下，其又復有寧宇乎哉？（第五十一回回前總批）

金聖歎在這裡給我們勾畫了一個以高俅為首的封建統治網絡，正是他們欺壓善良、魚肉百姓的行為才逼使梁山好漢不得不反。推而廣之，中國封建時代的許許多多的「盜」大都是由更多的「官」給逼出來的。

「盜」與「官」的問題，對百姓而言，的確是一個十分重要的問題。正因如此，在小說作品中，在戲曲作品中，在文學批評中，對於「盜」與「官」的問題也展開了廣泛而熱烈的討論。有認為官盜勾結的，有認為官盜一體的，有認為官不如盜的，有認為官逼民反的，……可能還有其他的觀點。但這所有觀點的源頭都來自中國古老的大哲人莊子的一次思想火花：

「彼竊鉤者誅，竊國者為諸侯。」（《莊子・胠篋》）

不管莊子的原意是什麼，但他「一不小心」說出了一個社會事實。

一個中國古代的社會事實。

一個流毒千年的中國古代的社會事實。

希望不要再「流毒」下去。

這或許正是從「莊周」到「懷仁」的所有涉及這一問題的人的希望。

筆者也是這樣希望的，筆者認為本書的讀者也會這樣希望。

寶玉「精秀鍾於女兒」言論的先驅

《紅樓夢》中的賈寶玉有許多奇談怪論。其中，頗為引人注目的是以下這一點：

> 因他自幼姊妹叢中長大，親姊妹有元春、探春，伯叔的有迎春、惜春，親戚中又有史湘雲、林黛玉、薛寶釵等諸人。他便料定，原來天生人為萬物之靈，凡山川日月之精秀，只鍾於女兒，鬚眉男子不過是些渣滓濁沫而已。（第二十回）

表面看來，賈寶玉的這種言論大有驚世駭俗的意味，因為它對中國傳統社會幾千年來的男尊女卑的思想具有強大的衝擊力。然而，這一股強大的衝擊波是源於賈寶玉、或者說是源於曹雪芹嗎？非也。比《紅樓夢》更早一些時候出現於明末清初的才子佳人小說中就有諸如此類的說法大量湧現。且看：

《平山冷燕》稱其女主人公之一的山黛「自是山川靈氣所鍾」。（第一回）書中男主人公之一的燕白頷也說：「天地既以山川秀氣盡付美人，卻又生我輩男子何用？」（第十六回）《宛如約》寫一才女趙如子「生來將秀氣奪盡」，「最奇是生如子這一年，合村的桃李並無一枝開花，蓋因秀氣都為如子奪了」。（第一回）《玉嬌梨》中的白紅玉也「果然是山川秀氣所鍾，天地陰陽不爽，有百分姿色，自有百分聰明」。（第一回）

幾乎所有才子佳人小說中的女主人公，都是這種「奪山川草木之秀氣」的聰明女子。《飛花詠》中的端容姑，《平山冷燕》中的山黛、冷絳雪，《玉嬌梨》中的白紅玉、盧夢梨，《春柳鶯》中的梅凌春、畢臨鶯，《麟兒報》中的幸昭華，《定情人》中的江蕊珠，《好逑傳》中的水冰心，《錦香亭》中的葛明霞，《白圭志》中的楊菊英，《英雲夢》中的吳夢雲，《醒風流》中的馮閨英，《畫圖緣》中的柳煙，《賽紅絲》中的裴芝、宋蘿，《玉支磯》中的管彤秀，《兩交婚》中的甘夢、辛古釵，《宛如約》中的趙如子、趙宛子，……她們多方面的才能、她們的聰明才智，較之同書中的「才子」而言，皆有過之而無不及，都能使得那些「才子」們相形遜色。

「漫道文章男子事，而今已屬女青蓮。」（《平山冷燕》第十六回）當我們讚美林黛玉、薛寶釵、史湘雲等人的冰雪聰明時，似乎不應忘記她們這些奪天地日月山川之精華的「老前輩」。

還有更早一點的例子，在《醒世恒言》中，馮夢龍圍繞女子的聰明才智問題大發議論：

> 聰明男子做公卿，女子聰明不出身。若許裙釵應科舉，女兒那見遜公卿。……有等聰明的女子，一般過目成誦，不教而能。吟詩與李、杜爭強，作賦與班、馬爭勝。這都是山川秀氣，偶然不鍾於男，而鍾於女。且如漢有曹大家，他是個班固之妹，代兄續成漢史。又有個蔡琰，製《胡笳十八拍》，流傳後世。晉時有個謝道韞，與諸兄詠雪，有「柳絮隨風」之句，諸兄都不及他。唐時有個上官婕妤，中宗皇帝教他品第朝臣之詩，臧否一一不爽。至於大宋婦人，出色的更多。就中單表一個叫做李易安，一個叫做朱淑真。他兩個都是閨閣文章之伯，女流翰苑之才。（《蘇小妹三難新郎》）

這篇小說的後面，寫到民間傳說的蘇軾的妹妹蘇小妹，還有更多的讚譽之辭和生動描敘。因文字太多，不便引錄。總之，馮夢龍也算得上一個「女才」竭力鼓吹者了。但是，上述這種「精秀鍾於女兒」的言論，論其源頭，並不在馮夢龍這裡，還可以再追根溯源。

> 謝希孟者，陸象山門人也。少豪俊，與妓陸氏狎，象山責之，希孟但敬謝而已。他日復為妓造鴛鴦樓，象山又以為言，希孟謝曰：「非特建樓，且為作記。」象山喜其文，不覺曰：「樓記云何？」即占首句云：「自遜、抗、機、雲之死，而天地英靈之氣，不鍾於男子，而鍾於婦人。」象山默然，知其侮也。（田汝成《西湖遊覽志餘》卷十六）

此處所謂謝希孟者，並非北宋那位字不群而又得到歐陽修賞識的女詩人，而是南宋高宗時精於四六文的上蔡人謝伋字景思者。而所謂陸象山者，則是南宋足以與朱熹抗衡的理學家陸九淵。謝希孟面對老師陸九淵的指責，居然借助一篇文章而反唇相譏，公然喊出「天地英靈之氣，不鍾於男子，而鍾於婦人」的口號。雖然這並不一定能表示謝希孟具有「女尊男卑」的思想，但在當時能這樣以玩笑方式來表達自己的真性情，也確實夠理學家們喝一壺了。

然而，若論「精秀鍾於女兒」的話頭，謝希孟還不是始作俑者。

早在唐代，著名的白居易就在一篇《海州刺史裴君夫人李氏墓誌銘並序》的文章中說過類似的話：「夫人贊皇縣君李氏，趙郡高邑人也。……銘曰：高邑之祥，降於李氏。相門之慶，鍾於女子。」（《白氏長慶集》卷六十八）

也許還有比白居易更早的「精秀鍾於女兒」的言論，但僅僅根據上述小說中的和歷史上的例證已經足以證明曹雪芹筆下賈寶玉的思想淵源。

由此，也可以讓後世「愛紅」的人們明白一個至為淺顯的道理：《紅樓夢》之所以偉大，首先是因為她植根於偉大的中華民族的文化土壤之中。

最惡劣的婆婆和最孝順的兒媳

婆媳不和，從古到今都是一個難以解決的問題。在舊時代，婆婆是天，兒媳是地，「地」永遠不可能跑到「天」的上面，就連《紅樓夢》中那麼強悍的王熙鳳，也不得不穿婆婆邢夫人定做的小鞋，何況其他？如今社會，可是「天翻地覆」了，在更多的情況下，婆媳矛盾吃虧的可多半是婆婆。

中國文學史、中國小說史上，有許多兇狠的、不近情理甚至滅絕人性的婆婆形象，令人讀過之後扼腕切齒。但是，如果要評選小說作品中惡劣婆婆之最，我將會先投「朱寡婦」一票。

朱寡婦者，《型世言》中之人物也。該書第六回《完令節冰心獨抱，全姑醜冷韻千秋》寫的是一個倫理故事。朱寡婦的丈夫是開「歇客店」的，丈夫死後，由她打理。後來，朱寡婦耐不得寂寞，與住店客商汪洋勾搭成奸，已經有不少的日子了。朱寡婦有一個兒子叫做朱顏，娶了教書匠女兒唐貴梅為妻。時間長了，朱顏也略知母親的緋聞，又遭人恥笑，兼之讀書辛苦，得了重病，最後一命嗚呼，實際上他就是被無恥的母親氣死的。誰知汪洋又垂涎唐貴梅，並厚顏無恥地要求朱寡婦做馬泊六。朱寡婦的鮮廉寡恥更勝過汪洋，她貪圖富商錢財，逼迫寡媳與自己的野男人通姦。唐貴梅不從，其結果當然是被婆婆百般辱罵毒打。在再三威逼無效的前提下，朱寡婦竟然放縱汪洋去強姦兒媳。一連幾次，遭到唐貴梅拼死反抗，甚至將汪洋「抓得滿臉是血」。在一次衝突中，唐貴梅本來是想打汪洋一個耳光的，結果被他躲過，反打在婆婆臉上。朱寡婦以此為由，竟威脅唐貴梅，如若不從汪洋，就「告到官去打你個死」。唐貴梅仍然不從，朱寡婦果然告到官府。汪洋預先買囑衙門，將唐貴梅嚴刑拷打。唐貴梅抵死不招，亦不願暴露婆婆與人通姦醜聞。朱寡婦又以「老年無人奉養」為由，將兒媳贖回，企圖進一步迫使其就範。至此，鄰里間至也大多知道內中隱情，有為之抱不平者。唐貴梅反而息事寧人，始終保全婆婆名聲。這可憐的媳婦對丫頭小妹說出了心裏話：「街坊上鄰舍為我要攻擊婆婆，是為我洗得個不孝的名，卻添婆婆一個失節的名，怎好？」最後，在萬般無奈的情況下，唐貴梅「自縊在園中古梅樹下」。

這樣的婆婆，應該說是人世間最惡劣的婆婆，而唐貴梅則應該說是天地間最孝順的兒媳了。

《型世言》為明末陸人龍撰寫，該書有兩大特色：其一，竭力鼓吹倫理道德；其二，具有極其強烈的現實性。該書的許多篇章，都是根據當時的實事敷衍成篇的。這一篇朱寡婦與唐貴梅的故事，作者交待得清清楚楚，是「出在池州府貴池縣」。至於時間，書中雖沒有具體交待，但該書所寫十有八九都是明代的故事，該篇亦乃如此。作品最後，作者有一段話引人注目：「四川喻士積有詩弔之，楊升庵太史為他作傳，末曰：嗚呼！婦生不辰，遭此悍姑。生以梅為名，死於梅之林。冰操霜清，梅乎何殊？既孝且烈，汗青宜書。有司失職，咄哉可吁！乃為作傳，以附露筋碑之跗。」

查四庫本楊慎《升菴集》卷十一，果然有《孝烈婦唐貴梅傳》一篇，開篇有云：「烈婦姓唐氏名貴梅，池州貴池人也。笄年適朱姓，夫貧且弱。有老姑悍且淫，少與徽州一富商有私。弘治中，富商復至池，一見婦，悅之。……」於是，便產生了上述那個悲慘的故事。

如果小說史上，或者說，中國封建時代的歷史上只有這麼一個「朱寡婦」，那麼，唐貴梅也只好自認倒楣了。也正像楊慎所說：「婦生不辰，遭此悍姑。」然而，中國歷史最大的特點之一，就是某些可怕而又可悲現象的不斷重複，從而，也就造成了文學史、小說史題材的大量雷同。於是，像朱寡婦那樣最惡劣的婆婆和唐貴梅這樣最孝順的兒媳也就全都「無獨有偶」了。

《型世言》作者陸人龍的哥哥陸雲龍，也編寫過一部擬話本小說集《清夜鍾》，刊行時間比《型世言》晚十多年，其中，居然也有一篇寫的是最惡劣的婆婆和最孝順的兒媳的故事。不過，婆婆只有一個，兒媳卻是成雙。

《清夜鍾》第二回敘石匠頭胡文，娶妻陳氏，小十多歲，生二子，長名有仁，次名有義，均是文盲，且愚笨，隨其父「弄石頭」而已。後來，其父為兄弟二人各弄來一童養媳，長名鈕三娜，次名顧小大。二媳「名分是姆嬸，相與是娣妹」。妯娌間關係甚佳，而且都長得非常美麗。故而村里人都笑說：「可惜大來對兩隻村牛」。然而，鈕、顧二女的悲劇尚不止於所嫁非人，而在於婆婆太過惡劣。陳氏在丈夫活著的時候就與人有染，胡文死後，更是明目張膽地與眾多男人來往，兩個兒子經常外出做活，兩個媳婦雖然不滿，亦無可奈何。後來，這罪惡的婆婆為了勾引年輕的男人為自己享受，居然三番五次、軟硬兼施要求兩個兒媳與野男人交往。媳婦不從，便打得她們「身無完膚」。鈕、顧二氏被逼無奈，只有雙雙投水自殺。那是多麼悲慘的一幕啊！

> 鈕氏悄悄把自己一隻銀丁香，去當了一壺酒，到房中與顧氏各吃了幾鍾。將房中箱籠都鎖了，零星器皿、衣服都收過。把身上小衣縫連了膝褲，衫兒連了小衣。……顧氏對鈕氏道：「去罷！」兩個悄悄掩了房門，出了後門。走了半里，四顧無人，一派清水，兩個道：「就在這裡罷！」兩個勾了肩，又各彼此摟住了腰，踴身一跳，跳入河心，恰在烏鎮南柵外。在河中漾了幾漾，漸而氣絕。(《村犢浪占雙橋，潔流竟沉二璧》)

兩個年輕、美好的生命就這樣悄無聲息地逝去。更令人感到難受的是，這兩個可憐的女人，在臨死之前仍然表現了對惡劣的婆婆和愚蠢的丈夫的關愛：

> 鈕氏對丈夫道：「我本意要留這點骨血與你，怕不能了！」顧氏也對有義道：「母親以後你須用心顧愛他，怕我管不到。」卻是對牛彈琴，兩個全然不省。次早，兩邊都早早起來，打發丈夫出門做工，仍舊做早飯與中飯，與婆婆吃。(同上)

然後，這兩個女子才去了結自己的性命。包括鈕氏懷孕的小孩，了結了三條人命。這樣的婆婆，這樣的媳婦，完全可以與《型世言》中的朱寡婦和唐貴梅相媲美。

然而，更為可悲的是，這樣的故事不僅「一而再」，而且「再而三」地發生在中國古代小說作品之中。清代康熙年間的詩人張漢有一篇《太湖王氏傳》，也是一篇被今人視為「虞初體」的小說作品。該篇簡直就是《型世言》第六回和《清夜鍾》第二回的翻版，甚或有過之而無不及。好在此篇的故事主幹部分不長，引錄如下：「太湖王氏，小字勉，歸為劉生田舍妻，事繼姑盡孝。姑老且淫，私商人。商以氏有姿色，欲淫氏，以故亂其姑。氏以他言諫，姑怒其諷己，屢撻氏幾死。其夫劉憐之，私語氏曰：『吾母今若此，諫必不回，爾不如適他氏，我寧以鰥終，以全爾命。』氏不允，曰：『吾願偕爾以貧老，姑即撻以死，死以姑，又何怨。』姑復撻氏幾死，氏父母怒，奪氏歸近一載，其夫亦出貿他縣。氏泣謂父母曰：『吾出嫁一歲，不能順姑，猶戀戀父母家，非婦道也，望父母許兒歸，計養姑，勿長遺姑怨。』父母許之，遂復歸夫家。時夫劉猶他出，姑日與商飲，見氏歸，商驚其姿色異甚。是夕商與姑謀，送商入氏室，隨扃氏門，謂從則已，不從撻以死。商人遂入氏室，姑隨扃門，商遂逼氏，氏呼籲甚厲，聲達戶外，姑懼，亦入室，以巾勒氏頸，氏一慟而絕。」

這裡的婆婆，較之《型世言》《清夜鍾》中的「同類」更為歹毒，因為她竟至親自動手勒死兒媳。這裡的媳婦，較之《型世言》《清夜鍾》中的「同儕」更為孝順，因為她有娘家而不歸，丈夫的肺腑之言也不聽。正因如此，這一篇作品宣揚封建倫理道德的力度更大，對後世婦女的毒害也更大。

好在社會畢竟在進步，今天的媳婦再也沒有那樣的「愚孝」了。

但筆者卻有一個態度必須改變，就是那「小說作品中惡劣婆婆之最」的一票既不應該給朱寡婦，也不應該給陳氏，而應該投給這位劉家婆婆了。

我真不願意擁有這樣的「投票權」。

發人深思的旗子和圈兒

清代小說《飛跎全傳》中有這麼一段描寫，當跎子追趕敵人「女中丈夫」賽小夥時，賽小夥使用的武器卻是大大出人意料。且看：

> 賽小夥暗暗取出引魂幡，卻有許多名色。有的是喜怒哀樂，酒色財氣，悲歡離合，風花雪月，忠孝節義，奸盜邪淫。只（這）跎子亦是人生父母養的，又不是山巢裏崩出來的，不能無七情六欲。當下賽小夥將酒字旗一連搖了幾下。旗上忽然現出一行小字，上寫著：「酒不醉人人自醉。」便見許多酒鬼望跎子招手，道：「請君試看筵前席，杯杯只敬有錢人。將酒勸人，終無惡意。」跎子心中想道：「行軍之日，酒能誤事。也要順情吃好酒，我是點酒不吃。況只（這）杯莽酒何能吃得下去？你不必扳酸酒，天下沒有不散的筵席。」女中丈夫見酒幡引不動跎子，少又將色字旗一連搖了幾下。旗上忽然現出一行小字，上寫著：「色不迷人人自迷。」便見許多色鬼，一個個眉眼傳情，望跎子招手道：「牡丹花下死，做鬼也風流。」跎子一見就動心，又回想道：「臨陣招親，該當死罪。況此乃是陷人坑，我是真真不去的。」那女中丈夫見色旗引不動跎子，又將財字旗一連搖了幾下。旗上忽然現出一行小字，上寫道：「贈人須贈馬蹄金。」便見許多討債鬼望跎子招手，道：「有錢使得鬼推磨，無錢寸步也難行。我這裡有金山銀汞，你快快拿斧子來砍。」跎子一見，心中感動。又見半空中許多外來財，卻是你的財高，我的氣大。跎子不由的飛進簸箕陣來。早有五方將士層層圍住。（第二十回）

這段描寫是很有佛門禪意的。世界上各種誘人的東西，譬如說酒、色、財、氣吧，它們都能使人得到刺激、滿足、享受，但同時，又都能誘使人犯錯、犯法、犯罪。然而說到底，並非酒色財氣害人，害人的其實是每個人自己。正如書中所謂「酒不醉人人自醉」，「色不迷人人自迷」，引魂幡所「引」去的，正是那些不能自牧的靈魂。

如此高論，如此帶有深刻含意的描寫竟至出現在這樣一篇三流以下的小說之中，真是大大出人意料之外。然而，更令人詫異、或者說，在貌似遊戲的描寫中隱含著深邃哲理的首創者還不是這部《飛跎全傳》，而是另一篇產生在明末清初時的小說——《後西遊記》。

《後西遊記》寫唐半偈、孫履真、豬一戒、小沙彌到西天求取「真解」。什麼是真解，又為什麼要求真解呢？請聽佛祖與唐僧的對話：

> 世尊答道：「我這三藏真經，義理微妙，一時愚蒙不識，必得真解，方有會悟，得免冤愆。可惜昔年傳經時，因合藏數，時日迫促，不及令汝將真解一併流傳，故以訛傳訛，漸漸失真。這也是東土眾生，造業深重，以致如此。」唐三藏又合掌禮拜道：「世尊既有真解，何不傳與弟子，待第子依舊傳送到長安，以完前番取經的善果。」如來道：「東土人心，多疑少信，易於沉淪，難於開導。若將真解輕輕送去，他必薄為不真，反不能解了。必須仍如求經故事，訪一善信，叫他欽奉帝旨，苦歷千山，旁經萬水，復到我處求取真解，永傳東土，以解真經。」（第五回）

正因如此，大唐帝國方組成新的「取解」隊伍，一如西天取經，重走一遍險山惡水。一路上當然也是孫悟空的「後代」孫履真擔綱除妖。但他們所碰到的敵人，既不是自然物的幻化，也不是人類社會的投影，甚至連人體外在化的東西都不是。那麼，這些孽障究竟是什麼呢？且看這樣一個片斷，庶幾可找到答案。

話說造化山有一個神通廣大的造化小兒，憑著手中各色各樣的圈兒制伏他人，弄得別人稱他為「小天公」。這次，他欲制服小行者，一口氣拋出了名、利、酒、色、財、氣、貪、嗔、癡、愛等圈兒，結果全都落空，套不住孫履真。最後，卻有一個圈兒將小行者牢牢套住：

> 造化小兒已將一個圈兒拋來，套在小行者身上。小行者正說得興興頭頭，不期這個圈兒到了身上，便覺有些手慌腳忙，不像前邊

> 從容自在。……小行者被圈兒套住，欲往上跳，不期那圈兒就跟著他上去；欲往下鑽，不期那圈兒就跟著他往下去。欲將身子變大，那圈兒就隨著他身子也大了；欲將身子變小，那圈兒就隨著他的身子也小了。周圍雖稀稀透亮，及要變化去鑽，卻又沒絲毫縫兒；欲要使金箍鐵棒打開，卻又地方窄狹，施展不開；欲要用拳頭去打，卻又軟囊囊無處用力。急的他就似雀鳥一般，只在內圍圍跳轉。（第三十回）

使這位小行者頓不開、解不脫，抓耳撓腮，百般無奈的究竟是什麼圈兒？這個圈兒又是怎樣套上的？且看李老君與孫履真的一段對話：

> 李老君道：「……與你說明白了吧，造化小兒那有什麼圈兒套你？都是你自家的圈兒自套自。」小行者道：「這圈兒分明是他套在我身上，怎反說是我自套自？」李老君道：「圈兒雖是他的，被套的卻不是他。他把名利圈套你，你不是名利之人，自然套你不住；他把酒、色、財、氣圈兒套你，你無酒、色、財、氣之累，自然輕輕跳出；他把貪、嗔、癡、愛圈兒套你，你無貪、嗔、癡、愛之心，所以一跳即出；如今這個圈兒我仔細看來，卻是個好勝圈兒，你這潑猴子拿著鐵棒，上不知有天，下不知有地，自道是個人物，一味好勝。今套入這個好勝圈兒，真是如膠似漆，莫說你會跳，就跳遍了三十三天也不能跳出。不是你自套，卻是那個套你？」（同上）

小行者聽了這一番話以後，大徹大悟，轉了好勝之念，果然輕輕跳出此圈。不，應該說是這個圈兒自動離開了他。

好勝，是小行者酷似乃祖孫悟空的性格特徵之一。在《西遊記》中，作者更多地是寫孫悟空在對外界（包括自然與他人）的鬥爭中所反映的好勝心所受到的挫折和頑強不屈的精神；而在《後西遊記》的這一段「造化弄人，平心脫套」的故事中，卻充分體現了小行者孫履真在與自己的鬥爭中終於超越自我的過程。或許，這就是佛祖所謂「真解」。

在現實生活中，一個人要戰勝來自外界的種種阻力似乎還比較容易，而要戰勝自己卻更加困難。一個能夠戰勝自我、超越自我的人，才能在對外界的鬥爭中無往而不勝。這裡，小行者所跳過的那麼多圈兒，每一個讀者不是在現實生活中已然跳過或尚未跳過嗎？正在跳圈兒的讀者們，如果看看小行者是如何跳圈兒的，是否可以領會到幾分人生的哲理呢？由此亦可見得，《後西遊記》中的圈兒較之《飛跎全傳》中的旗子具有更為深刻的哲理意味，同時也更發人深思。

但《後西遊記》在中國小說史上充其量不過是一部二三流小說而已。

你說中國古代小說有多麼偉大！

「篾片」小考

在日常生活中，人們肯定見過多種篾片，它們也都有各自的用途。但是，有很多人不一定知道，在中國古代小說中卻有一種人叫做「篾片」。我們先看一些例證：

> 這僧綽號月江，原是篾片出身，住在金山前院。因見這玉卿和吳公子俱是美少年，在妙高臺飲酒，想來幫閒助興。見鄭玉卿興發，就連贏了玉卿兩拳。（《續金瓶梅》第二十九回）
>
> 鐵算盤已死，這兄弟兩個一發無拘無束，暢所欲為。一宅分為兩院，同居異爨，各敗各錢。場面上為老子的事務，少不得也有些假戲，都攛與幫閒篾片及家人們料理。（《蕩寇志》第九十五回）
>
> 話說山右教坊，設自遼金。舊例每年二月花朝，巨室子弟作品花會。其始原極慎重，延詞客文人，遴選姿容，較量技藝，編定花選，放出榜來。後來漸漸廢弛，以致篾片走狗靠此生活，於是真才多半埋沒，盡有不願赴選者。（《花月痕》第七回）
>
> 金幼川病死之後，他兒子非但不知哀慟，倒反高興起來。把金幼川辛苦積來的家產隨意花銷。鴉片煙癮甚大，每日要吸二兩幾錢。同的一班朋友，都是不三不四的人，幫閒篾片，都跟著他吃喝。（《九尾龜》第十三回）

更有甚者，《品花寶鑒》第十八回的回目即是「狎客樓中教篾片，妖娼門口唱楊枝」。

由上可知，篾片是明清時期出現的一種社會贅疣，是一新的特殊的社會角色。那麼，他們究竟幹些什麼？他們具有何種本領？他們為什麼會出現？更令人難解的是：他們為什麼叫「篾片」？

篾片的基本任務就是「幫閒」，也就是給那些有錢有勢的人湊趣兒。因此，拍馬溜鬚、巴結逢迎便是他們的看家本領。《清夜鍾》第七回有云：「那兩個就做篾片，幫到魏家。」《八段錦》第五回有云：「這馬六頭幫閒稱最，篾片居先，一進魯生寓處，幫襯十分，奉承第一。那魯生與他，竟成了莫逆，一刻不離。」《蜃樓志全傳》第七回也寫道：「這五位都是賭博隊裏的陪堂、妓女行中的篾片，一見笑官，認定他是個地道阿官仔，各盡生平伎倆盡力奉承，笑官也就認做他們是有趣朋友，只談笑到晚上方才散去。」《豆棚閒話》第四則亦有這方面的描寫：「日逐就有許多幫閒篾片，看得公子好著那一件，就著意逢迎個不了。一年之間，門下食客就有百餘人。跟隨莊戶，拿鷹逐犬，打彈踢球，舞槍使棒的，不下二三百輩。」《花月痕》第十八回寫得更為生動：「卜長俊三人不過是闊蔑片，只有同秀是個有名的大冤桶，十分仰慕；如今有緣扳得進門，那一種巴結，無庸筆墨形容。」《九尾龜》第七十三回的描寫也可謂淋漓盡致：「這沈剝皮雖然嗇刻，他的那兩個兒子，卻是著名的洋盤。在外邊結識了一班篾片，一天到夜的各處亂闖亂跑，大把的銀子捧出來，就像水一般的往外直淌。」《五美緣》第六十三回則通過一段對話寫出了篾片的日常生活：「『本院問你，花有憐是你主人什麼人？今在何處？』沈連道：『是小的主人一個陪閒。』林公笑道：『原來是個篾片，住在何處？』沈連回道：『現在府中陪伴主人。』」

篾片的生活是悠閒的，他們日常生活的主要內容是陪同「東家」吃喝嫖賭，有時候還給東家出一些壞主意、餿點子。請看：「花文芳那裡曉得這般曲折，見是馮旭舅舅，又是進京會試舉人，口內老伯長，老伯短，殷勤奉酒。怎當得魏臨川那張篾片嘴兒，見花文芳如此敬酒，他就分外奉承。」（《五美緣》第三回）「只這道人去後，無論舊寵新歡，相對總是味如嚼蠟。後來篾片領個豪華公子到門，這碧桃放出手段，百般討好，那公子見得碧桃千嬌百媚，就也十分憐愛。」（《花月痕》第四十五回）「雨墨道：『如何？相公還是沒有出過門，不知路上有許多奸險呢。有誆嘴吃的，有拐東西的，甚至有設下圈套害人的，奇奇怪怪的樣子多著呢。相公如今拿著姓金的當好人，將來必要上他的當。據小人看來，他也不過是個蔑片之流。』」（《七俠五義》第三十三回）「那些貢監及年少科第，在京不是賦詩吃酒，便去宿妓邀娼，這是免不得的。聞生是個少年鄉科，人物又生得流動，自有那些幫閒蔑片來走動。」（《巧聯珠》第十回）「就有一個篾片教他主意，叫他發信回家，裝得自家病重，要叫家裏一個人來。到得家人來了，竟用一口空棺裝些磚頭石塊，充作死人，停在公所。讓那家裏的來人把棺材搬回家去。自己卻有了銀錢在手，沒有什麼做不得的事情，盡顧租了房子，長長久久的住在上海，一則免了家中拘束，二則躲了這場是非，豈不是絕妙的一個主意？」（《九尾龜》第七十三回）

篾片，也可以寫作「篾騙」。《爭春園》一書中就同時有這兩種寫法，一處在該書第二十七回：「那婆子與莫上天回到院內，正好遇上本城內兩個蔑片，一個叫脫張三，一個叫李四騙。」另一處在第二十九回，該回回目就是「篾騙邀飲空歡喜」。有的書中又將「篾片」寫成「密騙」，意思完全一樣，所作所為仍然是幫東家出謀劃策而謀得一己之利。《歡喜冤家》第十六回對此有生動的描寫：「且說馮吉聞知費人龍是個飽學秀才，又探知妻兒十分美貌，但不知何故住在我家。正在疑想間，有一個密騙，名叫鳳城東，走將進來，見了馮員外，見他面有愁思之態，不免問及。馮吉把費家一事說知。大凡做密騙的，一心只要奉承東家，那管世上之事做得做不得的。就說出拿雲捉月的手段，便就三言兩語聳動馮吉道：『他妻子有這般美貌，員外有這樣家私，難道消受不起這般一個婦人！自古佳人難再得。如今住在我家，是甕中鱉耳，何愁做事不成！』馮吉被他說得一副心腹如火滾一般熱將起來。」

而《蕩寇志》中的一個篾片就更壞了：「原來那孫高排行第二，他還有個哥子，叫做孫靜。為人極有機謀，渾身是計，又深曉兵法，凡有那戰陣營務之事，件件識得。只是存心不正，一味夤緣高俅，是高俅手下第一個篾片。凡是高俅作惡害人之事，都與他商量。但是他定的主意，再無錯著。因此高俅喜歡他，提拔他做到推官之職。他卻不去就任，只在高俅府裏串打些浮頭食，詐些油水過日子。」（第七十三回）做篾片做到連推官都不就任，可見這種無聊的角色有多麼豐厚的油水，又是多麼使人著迷。

一般說來，篾片都非常聰明伶俐，尤其是三寸不爛之舌最會騙人。例如：「都飆道：『倒也通得。如今過令。』小易牙將酒送與張煊。張煊道：『小弟道出家門，豈不有類篾片？到今日方才恨殺當年取綽號那天殺的。也說不得，也要勉強完個故事。』把酒飲乾道：『熱幫閒，熱幫閒，手內原無半個錢。半個錢，全憑一嘴，賺盡人間。說無說有撇空拳，踢天弄井專行騙。專行騙，鐵甲面皮，何愁缺欠。』」（《醋葫蘆》第十一回）「內中有一個稍為讀過兩天書的，卻是這一班人的篾片，起來說道：『列位所說的幾個字眼，都是很通的，但是都有點不很對。』眾人忙問何故。」（《二十年目睹之怪現狀》第九十七回）「這位書啟師爺，是貴州巡撫衙門裏教讀王師爺的兒子，為人甚是伶俐，陳毓俊此番引見，是他陪著去的，摸著了這少東家的脾氣，說一是一，說二是二，也就很紅。現在上海公館裏雖沒有什麼事可做，不妨做做現成篾片，等少東家得了差缺，再作道理。」（《負曝閒談》第五回）「一路行來，混混帳賬。到了越國，學了些吹彈歌舞，馬扁的伎倆，送入吳邦。吳王是個蘇州空頭，只要肉肉麻麻奉承幾句。那左右許多幫閒篾片，不上三分的，就說十分，不上五六分，就說千古罕見的了。」（《豆棚閒話》第二則）「且說魏臨川，見花文芳半月不見面，他就心中暗想：『莫非花文芳辭我，故此不見我面？我們靠這張咀做篾片，不但吃人家的，還想拿人家的。他既然不歡喜我，難道一定靠他不成？』」（《五美緣》第七回）「看官：凡是篾片走狗的話，十句沒有半句作真。他見楊騰蛟說三十七歲，他便說三十六歲；見楊騰蛟說鐵匠出身，他便說鐵器上際遇。」（《蕩寇志》第七十九回）「到了次日，邱八便請了他一個朋友來，名叫陸友恭的，卻是個有名的堂子幫閒，青樓篾片。請了他來，與黛玉講論身價。」（《九尾龜》第二十三回）

當然，篾片們的絕頂聰明也要有人欣賞和配合，如果沒有那些豪華公子甚至是傻大哥們做堅強後盾，篾片們也是很難有用武之地的。對於這種冤大頭與篾片的相互欣賞、相互利用乃至狼狽為奸、沆瀣一氣，很多小說作品都進行了生動的描寫。聊舉數例：「若那奚十一，仗著有財有勢，竟是無法無天，人家起他個混名，叫做煙薰太歲，又有許多幫閒助惡的人，自然無所忌憚。……近來因等選，倒先請了一個刑錢朋友，是王通政薦的，每年修金一千二百兩，已請到寓裏同住，且先做起篾片來。」（《品花寶鑒》第二十七回）「那劉世讓本是個篾片走狗的材料，甜言蜜語，無般不會。那楊騰蛟是個直爽漢，只道他是好意，不防備他。」（《蕩寇志》第七十九回）「沈幼吾又嫌家裏的住房不好，在自己對門買了一塊大大的地基，造起一座洋房。又怕被沈剝皮曉得了是不得了的，便叫一個手下的篾片捏一個假名，徑到沈剝皮家中拜會。見了沈剝皮，只說是蘇州人氏，為的常熟地方甚好，所以買塊地基，起些房屋，算他是別業一般。現在工程將要落成，特來拜拜鄰舍。」（《九尾龜》第七十三回）「話說夏逢若自從結拜了盛宅公子、譚宅相公，較之一向在那不三不四的人中往來趕趁，便覺今日大有些身份，竟是篾片幫閒中，大升三級。承奉他們的色笑，偏會順水推舟；慫勇他們的行事，又會因風吹火。」（《歧路燈》第二十一回）「不料交十九歲上，其父一命歸陰。嫡庶之母，日常威服下的，不敢喘息。卻就有許多惡少，拜結弟兄，誘嫖誘賭。家中跟了僮僕一二十人，兼著幫身蔑片，將槽上馬騾就騎了三十來匹。或上京城，或到通灣，或到天津。處處自有那等吃白食，挨幫閒的朋友招接。哄著劉豹，放手費錢。」（《豆棚閒話》第九則）「看官，凡是大家遊浪子弟，使錢如潑水，他並非和銀錢有仇，卻另有一種念頭，最怕有人說他廉儉，有人說他沒錢。所以篾片就從此處設處激他，一激一個著，十激十個著。」（《蕩寇志》第九十六回）

有的篾片一直騙得傻乎乎的公子哥兒將家產蕩盡，而自己的腰包卻一天比一天鼓起來。到了公子窮途末路之日，就來個樹倒猢猻散，甚至恩將仇報、落井下石：「那戴春生得風流花蕩，三瓦四舍，大小賭坊，無不揚名，一切幫閒蔑片，無不厮熟。曹州人取他一個渾名，喚做『翻倒聚寶盆』，取其一文不能存留之意。」（《蕩寇志》第九十五回）「且說這毛二鬍子，先年在杭城開了個絨線鋪，原有兩千銀子的本錢，後來鑽到胡三公子家做篾片，又賺了他兩千銀子，搬到嘉興府開了個小當鋪。」（《儒林外史》第五十二回）「公子得手，次日就到舊處，租起一所大房，買些傢伙什物，收拾幾箇舊人，幫身服侍。那些篾片小人，依舊簇擁而來，將那股水兒，不數月間，一傾就涸，眾人倏忽走散。公子依舊到土窖受用去了不題。」（《豆棚閒話》第四則）「仇、翟兩個，此時狠赳赳，氣昂昂，儼然做出富翁之態，全不似從前作幫（閒）篾片的時候了。」「且說仇人九、翟有志兩個，本是個惡毒小人，聽了田公子這一番言語，……翟有志道：『仇哥，不要怕他。我今有一個算計在此，叫做恨小非君子，無毒不丈夫。常言說得好，說殺人須見血，先下手為強。』」「田月生……主僕二人畫招，發在牢中監禁。府官加勘通詳，把主僕二人問了抵償。仇、翟二人滿懷得意。」（《金蘭筏》第七回）

正因如此，正派的讀書人是不願與篾片交往的，因為那樣會壞了自家的名聲：「到了次日，顏生出來淨面。雨墨悄悄道：『相公昨晚不該與金相公結義。不知道他家鄉住處，知道他是什麼人？倘若要是個蔑片，相公的名頭不壞了麼！』」（《七俠五義》第三十四回）

篾片的人格是極其低下的，因此，在正常情況下人們是不願意當篾片的。他們或為生活所逼，或是世家子弟揮霍墮落後的不得已選擇，或由於一些偶然的因素而走上這條卑污的道路。篾片也有其辛酸的一面，他們的境遇和下場也有極其糟糕的。例如：「細皮鰱道：『我經的多了。我當初就是這幫客篾片麼？我也是一家主戶兒，城東連家村，有樓有廳，有兩三頃地，一半兒是光棍吃了，一半兒是烏龜賺了，今日才到這步田地。』」（《歧路燈》第五十七回）「原來這個閻簡安是個半生半熟的老篾片，卻與華公有舊，嫌其心窄嘴臭，脾氣古怪，所以叫他在府裏住著。華公子是更不對的。楊梅窗是個土篾片，但知勢利，毫無所能；又是個裏八府的人，怯頭怯腦。」（《品花寶鑒》第十六回）「只聽當槽的走到過道里自語道：『天下有這般出奇的事：做篾片的，偏是本鎮上一個秀才；講道學的，竟有州上的一個皂役！』」（《歧路燈》第七十二回）「二人見了雲狀元，低頭不語。狀元叫他抬頭，原來是認得的。你道是那個？卻是做篾片的符良星、尤其顯。他因費了白公子二百金，公子惱了，將他逐出不用，無處安身，即便去學了些拳法，一路騙人。」（《鳳凰池》第十四回）「應伯爵無門可投，想了一想：『只有構欄裏樂戶們，平日在西門慶家與我相熟，有些幫襯他的恩，或者見我應二爺還不忘舊。且住上幾日，看有嫖客到門，我原舊學得幾點弦子，還做篾片得些酒食，也是一法。』」（《續金瓶梅》第四十五回）「白鴿嘴、細皮鰱不曾挨打，只得另尋投向，依舊做幫閒篾片去，後來在尉氏縣落了個路死貧人結局。」（《歧路燈》第六十回）

下面，我們來探討一個最有「問題」的問題：本文所涉及的「篾片」，其本義是什麼？或者說，小說家們為什麼將那些幫閒之人叫做「篾片」？

先來看兩部小說作品不同的解釋：

> 這等一起朋友，專一白手騙人，在江湖打憨蟲，北方人叫做幫襯的，如鞋有了幫襯，外面才好看；蘇州叫做篾片，如做竹器的先有了篾片，那竹器才做得成；又叫做老白鰲，那鰲魚海中賤品，和著各色肉菜烹來，偏是有味。因此，這種人極是有趣的，喜的是趨奉諂佞，不好的也說好，不妙的也說妙。幫閒熱鬧，著人一時捨不得他。（《續金瓶梅》第三十回）

> 更有一班卻是浪裏浮萍，糞裏臭蛆相似，立便一堆，坐便一塊，不招而來，揮之不去，叫做老白賞。這個名色，我也不知當初因何取意。有的猜道說這些人，光著身子，隨處插腳，不管人家山

水園亭、骨董女客，不費一文，白白賞鑒的意思。一名蔑片，又叫忽板。這都是嫖行裏話頭。譬如嫖客本領不濟的，望門流涕，不得受用，靠著一條蔑片，幫貼了方得進去，所以叫做「蔑片」。大老官嫖了婊子，這些蔑片陪酒夜深，巷門關緊，不便走動，就借一條板凳，一忽睡到天亮，所以叫做忽板。這都是時上舊話，不必提他。（《豆棚閒話》第十則）

以上兩種解釋，愚以為後者是對的。理由如下：其一，前一種解釋頗為勉強，什麼叫做「做竹器的先有了蔑片，那竹器才做得成」？篾片與東家的關係是消費與幫閒的關係，是共時的，沒有先後順序。此說不通。其二，後一種說法雖然有些下流，但篾片恰恰是庸俗下流環境中的產物，倒也恰如其分。更何況它惟妙惟肖地表現了篾片「幫閒」的本質。其三，前一種說法是孤證，至少在目前還沒有發現另一條資料與之相呼應，而後一種說法卻有其他材料的印證。且看：

無奈那不知趣的老兒還假賣風流，說情說趣，乃至引得春心舉發起來。他又一點正事也幹不得：間或就強而後可，軟叮噹的一個對象，又沒處尋這麼個小篾片幫扶他進去，弄得不疼不癢，更覺難過。往往慾火熾將起來，只好把那涼茶冷水往下嚥，靠他靈犀一點來澆息了這火，萬不能夠。（《姑妄言》第五回）

由上可知，作為幫閒之「篾片」的本義是男女性交時的一種工具，其主要功能是當男方陽痿時起著「幫貼」「幫扶」作用。

這樣一來，就又產生了一個小小的笑話，有人居然將女性比喻為「篾片」，而且這則笑話竟然出現在偉大的《紅樓夢》中。我們不妨先看事實：

鳳姐聽說，便回身同了探春，李紈，鴛鴦，琥珀帶著端飯的人等，抄著近路到了秋爽齋，就在曉翠堂上調開桌案。鴛鴦笑道：「天天咱們說外頭老爺們吃酒吃飯都有一個篾片相公，拿他取笑兒。咱們今兒也得了一個女篾片了。」李紈是個厚道人，聽了不解。鳳姐兒卻知是說的是劉姥姥了，也笑說道：「咱們今兒就拿他取個笑兒。」二人便如此這般的商議。（第四十回）

鴛鴦不懂「篾片」極其下流的本義，製造了「女篾片」一詞，鬧了一個大大的笑話。其實，鴛鴦不懂也正意味著曹雪芹不懂，因為這位悼紅軒主人如果懂得「篾片」居然是這麼一個齷齪的本義的話，他是萬萬不會讓鴛鴦姑娘說出口的，要說，也只會將這「話語權」出讓給呆霸王薛蟠。要知道，曹雪芹是絕對不願意去唐突鴛鴦一類水做骨肉的清潔女兒的。

然而，這同時又告訴我們一個顛撲不破的真理：無論多麼偉大的作家也不可能是什麼都知道的。

曹雪芹也不例外。

事定而力乏，佳人好漢皆難免

清代小說《雪月梅傳》中，有一絕代佳人華秋英，十八歲的時候，適逢倭寇之亂。這位弱女子不幸被一群倭寇俘獲，「內有一個身長力大的倭奴來犯秋英」。秋英將這傢伙騙到小樓之上，於是發生了下面一幕：

> 秋英到得樓上，原主意拚命刺這倭奴，不意看見樓板上放著一個壓衣石鼓，約莫也有數十斤重，秋英心生一計道：「你且關了門，把這石鼓靠住，省得人來打攪。」這倭奴點頭，就將手中兩口苗刀遞與秋英拿著，彎倒腰，雙手來掇那石鼓，秋英見他抱起石鼓時，即將一把苗刀從他小肚子底下用力刺進，腹軟刀利，直進刀把。這倭奴痛絕倒地，竟不曾出聲。（第二十三回）

秋英殺死倭寇後，當然是趕緊逃離。「急忙打從人家樓上下來，竟出東門，卻見一路屍橫遍野，血腥觸鼻，她也顧不得害怕，心慌意急，又不知路徑，只望著東走，足足一口氣，走了有二、三十里，已過晌午，望後面並無響動，四下裏亦無人跡，把心略略一放，卻半步也走不動了。」（同上）

這一回書叫做「華秋英急智刺淫倭」，寫得驚心動魄。讀完以後，對華秋英這位憑藉著大智大勇而刺殺淫倭的弱女子，讀者自會肅然起敬。同時，也對作者的寫作技巧產生由衷的敬佩。

然而，敬佩之餘，我們不妨給自己提出一個問題，這段文字究竟好在哪些地方呢？人物塑造還是氣氛烘托？環境描寫還是語言藝術？整體而言，這段描寫在以上幾方面都好，都達到了相當高的水平。但筆者認為其中最妙的是最後一句點睛之筆：「望後面並無響動，四下裏亦無人跡，把心略略一放，卻半步也走不動了。」

華秋英在剛剛過去的緊張的搏鬥和逃離的過程中，她的表現是可圈可點的。那種急智，那種果決，那種剛毅，那種靈活，但為什麼到達安全環境以後卻突然「半步也走不動」了呢？這符合人物性格和生活真實嗎？答案是：完全符合。筆者說了不算，我們且看《雪月梅傳》的評點者董孟汾於此處寫下的一段精彩而恰切的言論：「人到性命相關，竟不覺其疲乏，及至事定，心才放下，便四肢軟癱，惟經歷過人，方能如此。」

這是一段極其精闢的見解。其所以精闢，主要在於說明了小說中的細節描寫必須符合生活真實，必須符合人類正常心理。一部好的小說，正是由許許多多這樣的「藝術地反映生活真實」的片斷凝聚在一起才能取得成功的。否則，一部小說作品到處都是「反現實」「反生活」「反人性」，到處都是按照作者的主觀意圖胡編亂造，那就注定了它的「必敗無疑」。

有人或許會說，《雪月梅傳》中的華秋英是一個女子，一輩子第一次殺人，第一次遭遇這樣的風險，當然會唬得四肢軟癱。如果換一個血氣方剛的七尺男兒，肯定不會這樣窩囊的。這話有一定的道理，如果是《水滸傳》裏的武松這樣的英雄好漢，殺個把人，跑幾十里路，也許的的確確不會四肢軟癱。但是，如果英雄人物碰到與他的力量和勇氣相同「量級」的對手，在經歷了極度緊張之後也會泰然自若，沒事人兒一樣嗎？只有低能的作者才會那樣寫的。高明如施耐庵輩一定會寫出他「事定而力乏」的，因為這樣才正常。對於這一問題，本書的另一節《蔚為大觀的打虎》中曾經有所涉及，此不贅言。這裡想說的是，在中國古代小說作品中，「事定而力乏」的英雄人物，絕非僅止於武松一人，而是大有人在。例如清代小說《野叟曝言》中的頭號英雄人物文素臣就有與武松相同的表現。我們且看文素臣與一條孽龍搏鬥到最後的場景：

> 素臣駭極，急拗柳枝，如前射去，直貫左目。那龍忍痛不動。素臣將柳枝捏住，狠力一撥，一個龍睛，囫圇出來。復把一枝柳條，望右目戳去，如前力拔，又是一個眼珠，貫柳枝而出。負痛回頭，旋又豁過尾來，旁邊有一小柳樹，砉然一聲，折作兩段；那尾已捎到素臣所蹲樹上。素臣舉手迎著，鉤起十指，攀將過來，貼胸抱住。隨後伸起右手，將他尾上鱗甲，盡力剝去。才揭落四五爿，覺得腥涎滑膩，手力鬆軟。龍已從頭上倒運氣力，注於尾尖，猛想掙脫。素臣看他渾身一節一節的彎曲，知是運著全力，也緊緊迎住不放。

> 那知龍用力太足，狠命掙拔，被素臣順勢一拗，尾上節骨，居然脫筍。抱持之間，頓覺癱軟，不似方才那硬挺挺的光景。此時龍怒吼發狂，張口礪齒，黑氣直噴，前後四個長爪，亂舞亂動起來。十幾棵樹，宛如湖灘上的枯蘆，隨風擺弄，東倒西歪。素臣幾乎跌將下來，暗忖：龍尾已經拗斷，料也不得飛騰；但困獸之鬥，終非人力所能抵擋！看它使起性來，如此播蕩，倘拔木而起，連我之性命，也不可知！正在無計，果然震天價一響，眼前霎時昏黑，頭眩神搖，不能自主；耳中但聞簌簌淅淅，滾滾汩汩，風聲雨聲，並湖中急流，堤上漲盛，一片水聲，不知身落何處！約有數分時，心才略定，張目一看，誰知所蹲的柳樹，早已撲落湖中，兩旁大小，共有十五六棵，橫七豎八，堵塞堤上；那龍已不知去向！……因放了百餘枝柳條箭，拚抱龍尾，渾身吃力，剛才昏沉沉，又是有人將他自半空擲下，微覺胸背肘腕間，筋節有些酸痛，不耐走動。就在碑邊，掇了一塊大石，倚山面水的，坐著歇息。（第三回）

必須聲明，《野叟曝言》不是神魔怪異小說，基本上算作英雄傳奇小說。文素臣也不是天兵天將、神魔仙聖，而是一個像武松一樣具有神勇神力的人間英雄。如果把與他搏鬥的「龍」理解為一隻巨大的水中生物如鱷魚之類，那麼作者對他這一段「鬥龍」的描寫還是具有一定的真實成分的。但更為真實的是，當他趕走了孽龍之後，精力耗盡，連路都走不動了，只好搬一塊石頭坐在湖邊上休息。這樣的描寫，與《水滸傳》中寫打死老虎後拖不動死虎的武松有異曲同工之妙。都是「事定而力乏」，都是符合生活真實的。

進而言之，武松、文素臣的表現又與華秋英的表現只是程度上的區別，本質上是一樣的。能夠寫出這種狀況的作家，用董孟汾的話說，真正是「惟經歷過人，方能如此。」

「事定而力乏」，是人都會如此。

英雄與美人都是人，都難以避免。

哪位讀者不信，可以親身去嘗試一下。

快意當前，南面王萬戶侯值得什麼？

從某種意義上說，《莊子》是一本追求人性自由的書。且不說《逍遙遊》中的「無己」「無功」「無名」，就連《至樂》篇中的一隻髑髏所說的一段話，也對後世的文學創作產生了極大的影響。那話是這樣說的：「死。無君於上，無臣於下；亦無四時之事，從然以天地為春秋，雖南面王樂，不能過也。」

這話的基本含義在兩千多年以後被「翻譯」成了外文，由一位偉大的法國作家進行了更為簡明扼要的闡述：「死亡是偉大的平等，也是偉大的自由。」（雨果《巴爾扎克葬詞》）

但是同時，《莊子・至樂》篇中那一句略帶誇張的調侃——「雖南面王樂，不能過也」，卻給明清的文人生活和文學創作帶來了意想不到的影響。

在小說名著《聊齋誌異》中有一名篇《青鳳》，《青鳳》篇中有一位名流耿去病，耿去病有一句石破天驚的名言：「得婦如此，南面王不易也！」那是他看見美麗的女孩青鳳以後，「神志飛揚，不能自主，拍案」而言的。翻譯成現代語言就是：能討得這樣一個好老婆，就是給個南面稱王的機會也不換！此人真乃情癡情種也。

然而，就在這位耿姓狂生的前前後後，也就是在從明末到清代前中期的小說之中，這種快意當前而將南面王萬戶侯丟在腦後者卻大有人在。而且，男男女女都有。請看數例：

> 盧柟日夕吟花課鳥，笑傲其間，雖南面至樂，亦不過是！（《醒世恒言・盧太學詩酒傲王侯》）

> 和靖……每逢梅將放之時，便經月不出門，惟以詩酒盤桓其間，真王侯不易其樂也。（《西湖佳話・孤山隱跡》）

> 他二人時常來看水氏，會無又（不）吃，吃無不弄，也來往了多半年。這兩個精壯漢子弄得水氏雖南面王樂也不過如此。（《姑妄言》第十七回）
>
> 花天荷接詩看了，不勝驚訝，道：「淑人胸中，怎如此淵博！我花天荷何幸，獲此佳偶，真勝過於萬戶侯矣！」（《畫圖緣》第十五回）
>
> （蘇吉士）又想道：「我要功名做什麼？若能安分守家，天天與姐妹們陶情詩酒，也就算萬戶侯不易之樂了。」（《蜃樓志全傳》第十七回）

以上這些小說中人物的情趣雖然有雅有俗，並且俗雅之間的區別很大，但有一點卻是共同的：快意當前，南面王、萬戶侯值得什麼？這些男女老少都是非常任性的，也是非常率意的。

值得進一步探究的是，上述小說中的這種為眼前之歡快而鄙棄傳統價值觀念的描寫是有其深厚的文化根源的。拋開較為遙遠的《莊子》不說，就在上述作品出現以前不久的晚明時代，現實中就有一大批這樣的文人士大夫。且看以下記載：

> 韻社諸兄弟抑鬱無聊，不堪復讀《離騷》，計唯一笑足以自娛，於是爭以笑尚，推社長子猶為笑宗焉。子猶固博物者，至稗編叢說，流覽無不遍，凡揮麈而談，雜以近聞，諸兄弟輒放聲狂笑，粲風起而鬱雲開，夕鳥驚而寒鱗躍，山花為之遍放，林葉為之振落。日夕相聚，撫掌掀髯，不復知有南面王樂矣。（韻社第五人《題〈古今笑〉》）

文中所謂子猶即龍子猶，也就是馮夢龍。你看，這樣一群文人，在社長馮夢龍的帶領下，日夕相聚，談論有趣的事情，興之所致，輒放聲狂笑，暫時忘掉了一切憂愁苦悶。而且他們自認為這種生活很愜意，「不復知有南面王樂矣。」

像馮夢龍等人這樣的快意當前而暫時忘掉功名富貴、苦惱憤懣的文人在晚明可真是車載斗量。若徐渭、若袁宏道、若張岱、若湯顯祖、若唐寅、若李卓吾、若李漁、若金聖歎……。他們都在自己的著作中留下了不同側面的個性張揚和坦誠率意，真所謂「情之所鍾正在我輩」了。

正是這樣的文化土壤，方能培養出「四聲猿」、「臨川四夢」、晚明小品文、吳中畫派、童心說、《閒情偶寄》、《情史類略》、六才子書等等文化產品，才能發生中國文學史、中國文化史、中國學術史、中國思想史上一次真正的人文感動。

時代風氣是文學藝術之花賴以萌發的溫床，信不誣也！

敵我之間的相互「變化」

清代小說《五虎平南》所平之「南」，就是所謂「南天國」。南天國有一員女將名叫段紅玉，法術高強，給大宋王朝的軍隊製造了很多麻煩。但是，這位女將軍卻愛上了宋朝小將狄龍。有一次，段紅玉做了一件只講感情卻違反原則的事：於雙方混戰時打開囚車，放了被擒的狄龍、焦廷貴等五員宋將。想不到，宋將們卻不領情，於是出現了段紅玉始料未及的事。

> 五位將軍看見段紅玉令人放他，心下驚疑。焦廷貴大呼：「這妖婦與我仇敵，須防她來算帳。」岳綱說：「這妖婦雖然放我們決無好意，何不趁此上前，將她拿住，除了大害罷？」早有焦廷貴大喊要飛奔上前，四人一齊擁著，要將小姐拿住。眾人正欲動手，前來捉小姐，這小姐看來不好，念咒對焦廷貴吹一口氣，焦廷貴反變化一個段紅玉。五人正擁著，卻化作一焦廷貴，要擒拿段紅玉，豈知是焦廷貴，段紅玉在旁逃去。他眾人驚疑不定，卻放開段紅玉，反將焦廷貴拿住。小姐趁勢一縱，跑上雲頭而去。當時眾人拿住，又見是焦廷貴，吃了一驚，都說：「奇了，反讓妖婦走了，拿的又是焦廷貴。」（第二十五回）

段紅玉匆忙之際，急中生智，利用自己的法術，將率先來抓自己的焦廷貴變成了「段紅玉」，而將自己變成了「焦廷貴」。這就使得四位宋將放了已經抓在手上的假焦廷貴真段紅玉，而去抓邊上的假段紅玉真焦廷貴。這樣，段紅玉趁機逃跑，四將抓到手的卻是戰友焦廷貴。故而，他們連呼「奇了」！

這樣的描寫有意義嗎？或許作者並沒有什麼深刻含義，但是我們從中卻可受到啟迪。

世界上許多事物都是相反相成的，失敗乃成功之母，主流就是末流，敵中有我、我中有敵，最危險的地方或許最安全……。理解了這一層，段紅玉、焦廷貴為什麼不能相互變化呢？

然而，這一段描寫還不是最深刻的。不僅如此，它還有抄襲之嫌。抄的誰呢？

明末清初有一部《續西遊記》，寫唐僧師徒護送經卷返回東土大唐，實際上可以視為一部「東還記」。路上也有很多強盜、妖精勾結在一起要搶奪經卷。於是，唐僧師徒與他們進行了殊死的鬥爭。有一次，八戒被敵人包圍，孫行者變做一個蒼蠅兒，飛入強人「七情」的營寨去救援。想不到卻玩起了「變」「變」「變」的遊戲。

> 行者一翅又飛入寨後，只見八戒被嘍囉你一棍我一棒亂打，他雖執著根禪杖，無奈勢孤。行者笑道：「我打了妖魔一杖，這會叫八戒還債。」乃飛到八戒耳邊道：「八戒，何不弄個神通，到此還依老實！」八戒聽得是行者聲音，提明白了他，便就弄出神通，卻好那七情強人走入後寨來看嘍囉打八戒，道：「好齋，多孝敬豬八戒些兒。」八戒見了把自己臉一抹，即變了七情模樣。行者見八戒變了七情，便把七情噴了一口氣，隨變了八戒。那眾嘍囉認錯了，一齊上前把七情變的八戒棍棒亂打。七情越叫是「我」，那嘍囉越打，道：「不是你是哪個！」打得七情往寨前走，八戒變的七情在後又叫嘍囉著實打。那寨前嘍囉見了，又齊齊亂打將來。此時笑倒了個行者，喜壞了個八戒。（第三十回）

「八戒」變「七情」，「七情」又變成「八戒」。這除了上面所講的相反相成的哲理蘊涵之外，更多了一層及時反映現實的「說道」。

明代是「人慾」與「天理」搏鬥最為激烈的時代。一方面是要求全民性的存天理滅人慾，一方面卻是人慾企圖越過天理的堤防。什麼是「七情」？七情就是最大的人慾。什麼是「八戒」？八戒就是最高的天理。《續西遊記》的作者在人慾與天理鬥得一場糊塗的時候，竟然有意無意、嬉皮笑臉地說：天理可以變成人慾，人慾也可以變成天理！

連人慾和天理都能相互變化了，什麼東西不能變化？

其實不用「變」，人慾、天理在很久很久以前就互相包含了。聖人不是早就說過「食色，性也」嗎？食色，人慾也。性者，天理也。

最高的天理，從來都是人慾最高形態的滿足。最基本的人慾，從來都是天理最本質地體現。

能反映人慾的「天理」才是真正的天理！如果沒有了人慾，到那裡去尋找天理？到「無極之外復無極」之外嗎？

當然，這些恐怕是《續西遊記》的作者沒有想到的。

令人噴飯後流淚的「魚雁」

古人管書信叫做「魚雁」，這是有典故的。為了不影響正題，這些典故就不去說它了。

如今年頭，寫成紙質文檔的書信寄給別人或送給別人，已經是一種奢華。但在古代，除了講話以外，書信是人們社會交往、表情達意的最佳「傳媒」。中國古代小說，作為社會生活的剪影，自然會記下許多人物之間往來的「魚雁」。雖然一般的「魚」或「雁」長得都頗為得體，但也有些「魚雁」卻長得怪模怪樣，讓人看了以後會忍俊不禁，有時甚至會產生令人噴飯的效果。

《石點頭》中有一個老兒名叫盧南村，「是個富不好禮之人」，胸中沒有什麼墨水，但他的兒子盧夢仙卻很會讀書，並娶得「博雅老儒」李月坡的女兒李妙惠為妻。盧夢仙進京趕考未中，羞於回家，就連書信也不好意思寫，弄得「泯然無跡」。其父聽信謠言，「說盧夢仙已死於京中了」，便一再勸說乃至逼迫兒媳改嫁。經過艱苦的思想工作，媳婦終於首肯了改嫁一事。後來又因為「盧家媳婦，卻是李宅女兒，捨親李月坡又是執性的人，若不通知，後來埋怨不小」。萬般無奈，只好硬著頭皮，發揮自己的「短項」，寫下了這樣一封「告親家書」：

> 南村拜李月坡見：今年歲荒者，家裏窮哉，無飯吃矣！娘子苦之，轉身去也。現有方媽媽做保山，不是我與房下草毛白付；你親家年前放學歸來，可到晚女婿鹽商謝客人處，問令愛便知焉。（卷二《盧夢仙江上尋妻》）

因為在遠處教書的親家是一個飽學老儒，所以南村老漢的這封書信就寫得格外「文采斐然」。你看，常用文言虛詞「之乎也者矣焉哉」七弟兄，除了「乎」老二以外，哥兒六個都來「報到」了。而且，還發明了一個稱號「晚女婿」，亦即親家的女兒改嫁的新女婿。這樣的書信，難怪送信人方姨娘「看見大笑」。幸虧她老人家當時沒在進餐，否則，南村先生的上衣就會被污染了。

無獨有偶，《紅樓夢》中也有一封令人噴飯的書信，好像還是一封隱秘的情書哩！我們不妨先交代關於這封信的一些背景材料。

時間，抄檢大觀園時。地點，大觀園迎春住處。寫信人，色膽包天而又膽小怕事的又一個潘安——潘又安。收信人，為愛情哪管得生生死死的犟丫頭——司棋。發現者，王熙鳳嫡系——周瑞家的。朗讀人，賈府的總管家婆璉二奶奶——王熙鳳。難受死了的聽朗讀人，司棋的外婆兼抄檢大觀園積極分子——王善保家的。旁聽者，一大群看熱鬧的聽笑話的群眾代表——丫鬟僕婦。然後，我們再來共同享受這封「情書」。

> 上月你來家後，父母已覺察你我之意。但姑娘未出閣，尚不能完你我之心願。若園內可以相見，你可託張媽給一信息。若得在園內一見，倒比來家得說話。千萬，千萬。再所賜香袋二個，今已查收外，特寄香珠一串，略表我心。千萬收好。表弟潘又安拜具。（第七十四回）

其實，這一封書信除了過分「口語化」以外，文字上並沒有什麼太大的毛病。之所以好笑，是因為它打了王善保家的嘴巴，而讀者幾乎沒有誰不討厭那個王善保家的。我想，曹雪芹們在寫到這樣一個片斷時，恐怕也不是單純地讓讀者「噴飯」的。或許他還要讓讀者流淚。

難道我們沒有看見司棋對這封書信的珍視嗎？

「又有一個小包袱，打開看時，裏面有一個同心如意並一個字帖兒。……那帖子是大紅雙喜箋帖」。（同上）

難道我們沒有看到司棋後來因為這封書信而犧牲了性命嗎？

「那知道那司棋這東西糊塗，便一頭撞在牆上，把腦袋撞破，鮮血直流，竟死了。」（第九十二回）

不要說司棋了，即便是盧南村寫給親家的那封「告知」書，中間不也包含著一個女人被迫改嫁的辛酸和眼淚嗎？

最愜意的懲貪

古往今來，大千世界，最令人感到憤慨的就是貪官。因為他「貪」，必然鯨吞其治下民眾的利益；因為他是「官」，被他侵害的老百姓往往拿他無可奈何。因此，廣大民眾便希望有人為自己主持公道，讓貪官受到應有的懲罰。

在中國古代民眾的心目中，能夠懲罰貪官的大概不外乎三大類人物：神靈、俠客、清官。然而，在這三類人物中間，清官要懲罰貪官最為困難。第一，一般說來，清官必須比貪官的官階要高、實權要大；第二，清官必須恰好能管上貪官，否則，職權範圍以外你的官再大也鞭長莫及；第三，清官必須要掌握貪官的證據，沒有證據你怎樣治「貪」呢？第四，清官還必須要能沖決與貪官有瓜葛的關係網，不然的話，你還沒有動手，他先把你弄倒了，說不定還要賠上老命哩！第五，清官最好能得到皇帝的支持，有了尚方寶劍事情就會好辦多了。要想達到以上幾條是何等的困難，因此，自古以來能懲治貪官的清官簡直太少太少，用鳳毛麟角這個詞來形容絕不過分。中國古代小說戲曲中間轉來轉去的也就那幾位，無非是包公、海公、施公、彭公云云。俠客呢？他們懲罰起貪官來當然比清官痛快多了，最輕的是痛打那廝一頓，重的便是剜腹剖心，或讓那廝身首離異。但痛快是痛快了，卻沒有什麼鬥爭的藝術性，顯得太過簡單、直截了當。三大類人物之間，最有鬥爭藝術的是那些懲罰貪官的神靈，他們往往將貪官弄得百樣難堪、萬般尷尬，在遊戲般的趣味中讓貪官受到出人意料而又恰如其分的懲罰。這才是真正讓人民解恨的方式，這才是人民智慧的「結晶」。

筆者認為，這些神靈中最具有這種懲罰貪官藝術性的應該是閻王，尤其是《聊齋誌異》中的某位閻王。我們且看這位閻王是怎樣懲罰大貪官宰相曾某的：

> 王命會計生平賣爵鬻名，枉法霸產，所得金錢幾何。即有鬡鬚人持籌握算，曰：「三百二十一萬。」王曰：「彼既積來，還令飲去！」少間，取金錢堆階上，如丘陵。漸入鐵釜，熔以烈火。鬼使數輩，更以杓灌其口，流頤則皮膚臭裂，入喉則臟腑騰沸。生時患此物之少，是時患此物之多也！半日方盡。（《續黃粱》）

這真是天地間絕妙的懲罰貪官的方式。我讓你貪、讓你貪！貪到最後，在不朽的閻王那裡將會把你一輩子所貪的錢變成灼熱的銅水對著你的嘴巴一一灌下去！「生時患此物之少，是時患此物之多也！」這是多麼深刻的體會呀！真正觸及靈魂深處的體會。每每讀到這種地方，筆者都會禁不住對蒲松齡的憤懣和幽默表示發自內心的雙重讚歎。

然而，這種最令人愜意的懲罰方式卻不是蒲松齡的首創。

那麼，如此絕妙的主意究竟是誰最先想出來的呢？目前所知，他是北宋時期的章炳文。

章炳文著有一本書名為《搜神秘覽》，其中有一篇作品題為《孔之翰》，該篇敘孔之翰暴卒，到了陰間才知道是閻王審案請他當證人。在這裡，孔之翰親眼目睹了閻王對一名罪犯王倫的絕妙懲罰：「遂盛氣呼指諸吏，問倫所在。須臾，引一枷械囚人至。……叱令持擊廊廡，火洋銅汁，溉灌其口，號聲苦抑，意不忍聞。」

王倫與曾某的身份並不相同。曾某是身為宰相的巨貪，而王倫根據書中的描寫似乎是江洋大盜。他們在攫取他人錢財方面的手段是不相同的，一個「豪奪」，一個「巧取」。但他們的目的是一樣的，可謂殊途同歸。因此，從一定意義上講，強盜雖不及貪官，而貪官就是最大的強盜。就對社會的危害而言，貪官比強盜更可怕，因為他具有隱蔽性，不像強盜那麼公開、公然。中國有句古話：「明槍易躲，暗箭難防」。某某地方、某某時間段強盜出沒，人們還可以盡可能地迴避一下。而貪官，人們是無法迴避的。「天下烏鴉一般黑」，你能躲到哪裏去？從這個意義上講，蒲松齡從章炳文那裡學過來的「絕招」，經過更換對象以後，比他的師傅用得更其絕妙，當然，也就更令讀者愜意。

「官虎而吏狼」的思想根源之一

《夢狼》是《聊齋誌異》中的名篇之一。在這篇小說中，蒲松齡不僅通過虛幻的夢境描寫，真實地再現了當時社會中如狼似虎的官吏們的醜惡面目和兇殘本質，而且代表人民大眾表達了對貪官污吏的憤恨之情。尤其是作品後面的異史氏曰，更是振聾發聵：「竊歎天下之官虎而吏狼者，比比也。——即官不為虎，而吏且將為狼，況有猛於虎者耶！」

一般認為，這段話的思想根源是來自《禮記·檀弓》中的一段話：

> 孔子過泰山側，有婦人哭於墓者而哀，夫子式而聽之。使子路（貢）問之，曰：「子之哭也，一似重有憂者。」而曰：「然，昔者吾舅死於虎，吾夫又死焉，今吾子又死焉。」夫子曰：「何為不去也？」曰：「無苛政。」夫子曰：「小子識之，苛政猛於虎也。」

但孔夫子在這裡只是說「苛政猛於虎」，是國家政策問題，還沒有說「官虎而吏狼」，即執行政策的工作人員的問題，或許是當時的「官」與後代的「官」的含義有所區別吧。

然而，如果國家政策不好，執行政策者也不好，那豈不是更糟糕了嗎？老百姓豈不是雪上加霜了嗎？那麼，在《聊齋誌異》以前，是否有直接將官吏比作虎狼的說法呢？當然有！至少在宋代就有人說過這樣的話，請看：

> 今一吏，大者至食邑數萬，小者雖無祿養，則亦並緣為食以代其耕，數十農夫力有不能奉者。使不肖游手往往入於其間，率虎狼，牧羊豕，而望其蕃息，豈可得也？（鄧牧《伯牙琴·吏道》）

好個鄧牧！他居然當了孔老夫子和蒲老先生之間的「二傳手」，將官吏與虎狼直接連在了一起。

這樣，就由孔夫子一傳到位：「苛政猛於虎也。」鄧夫子二傳調節：「不肖游手……率虎狼，牧羊豕。」蒲夫子重力扣殺：「竊歎天下之官虎而吏狼者，比比也。」

這真是一種民本思想的傳承，一種人道精神的傳承，一種勇敢無畏而不屈不撓的傳承！

小說雖「小」，然其社會作用可實在是「大」。

「鬼」死了是什麼？

按照迷信的說法，在一般情況下，人死了變成鬼，這似乎已經是常識。但是如果追問一句，「鬼」還能再「死」嗎？鬼如果死了，又叫做什麼呢？

談狐說鬼的大師聊齋先生蒲松齡作出了藝術性的回答。他寫了一篇作品叫做《章阿端》，其中的主人公章阿端是一個漂亮的女鬼，她愛上了頗有狂放氣質的書生戚某。後來，章阿端又幫助戚生在陰間行賄，使戚生能與死去的妻子得以團圓。但是，章阿端自己卻得了「鬼病」。於是聊齋先生展開了以下一段匪夷所思的描寫：

> 如是年餘，女忽病瞀悶，懊憹恍惚，如見鬼狀。妻撫之曰：「此為鬼病。」生曰：「端娘已鬼，又何鬼之能病？」妻曰：「不然。人死為鬼，鬼死為聻。鬼之畏聻，猶人之畏鬼也。」生欲為聘巫醫。曰：「鬼何可以人療？鄰媼王氏，今行術於冥間，可往召之。」

結果，王媼「裝神弄鬼」而又「鬼使神差」地鬧了一通，終究沒有太大的效果，章阿端還得死去，到鬼中之鬼的世界去當「聻」。那是多麼悲慘的一幕啊！

> 女忽言曰：「妾恐不得再履人世矣。合目輒見冤鬼，命也！」因泣下。越宿，病益沉殆，曲體戰慄，妄（若）有所睹。拉生同臥，以首入懷，似畏撲捉。生一起，則驚叫不寧。如此六七日，夫妻無所為計。會生他出，半日而歸，聞妻哭聲，驚問，則端娘已斃床上，委蛻猶存。啟之，白骨儼然。

然而，更出人意料的是，在「聻」的世界裏，章阿端仍然沒有逃脫「夫權」的壓迫和貞節觀念的束縛。「其夫為聻鬼，怒其改節泉下，銜恨索命去」。後來，還是經過戚生之妻的陰間運作，才使得章阿端從「聻」的世界投胎到「鬼」的世界，作了陰間縣令——城隍老爺的千金小姐。這大概是蒲松齡給這位熱心快腸、有情有義的女鬼安排的最佳結局了。

以上這一段感人至深的故事，當然是蒲松齡妙筆生花的結果。然而，這種「鬼死為聻」的說法，卻並非蒲翁首創。《章阿端》篇中戚生鬼妻所說的「人死為鬼，鬼死為聻。鬼之畏聻，猶人之畏鬼」的理論，是大有來歷的。金人韓道昭撰《五音集韻・旨韻》有云：「聻，人死作鬼，人見懼之；鬼死作聻，鬼見懼之。」

進而言之，這「聻」為鬼中之鬼的理論也不是韓道昭創造發明的，至少在唐代就有人說過相關的話：

> 俗好於門上畫虎頭，書聻字，謂陰刀鬼名，可息疫癘也。予讀《漢舊儀》，說儺逐疫鬼，又立桃人、葦索、滄耳、虎等。聻為合滄耳也。（段成式《酉陽雜俎》續集卷之四《貶誤》）

按照段成式的說法，所謂「聻」，乃是陰間「刀鬼」名，就像《水滸傳》中的曹正的綽號「操刀鬼」那樣（當然，曹正的「操刀」乃是殺豬，此處刀鬼卻是殺鬼）。但他又說「聻」為「合滄耳」，究竟孰者為是？方南生點校的《酉陽雜俎》於此處有一條校記，可說明問題：「聻為合滄耳。《通典》：『司刀鬼名聻，一名滄耳。』不作『合滄耳』。」

由此，我們可以這樣推斷：一開始是人們將陰間的司刀鬼取名叫做「聻」，一名滄耳。後來，以訛傳訛，慢慢的就將殺死鬼的鬼認做死去的鬼，亦即鬼中之鬼。因而，鬼死為聻的說法也就順理成章了。至少在金代，就成為一種「定論」，然後，如蒲松齡又將其寫進小說之中，於是便有了章阿端這一個生動活潑的「聻」。當然，還有她的那個「死鬼」丈夫，一個可惡的「聻鬼」。

然而，在小說中寫到「聻鬼」的又絕不僅止於蒲聊齋先生，晚清至少出現了兩部涉及「聻」的小說。

一部是潘昶的《金蓮仙史》，這裡面的「聻」有點扯淡，說這是一個名叫馮漸的人「名頭」響亮之所致：「卻說河東馮漸，即馮長化世。初，以明經入仕。性與俗背，棄官居伊水。時以藥治疫。時有道士李君，以道術行於金邦，尤善視鬼。李君更推重馮漸，人稱漸名，鬼即遁去。李君更教患家，以「聻」字題門，鬼見之即避。」（第五回）

另一部小說是借陰曹地府諷刺現實的小說《憲之魂》，其中的含義就更為深刻一些了。

> 且說那吳樾欲害欽差，如何六位欽差倒依然無恙，反又害了自己？原來他那浮躁的性兒，是死也變不了的，一時誤觸彈機，未及遠拋，炸彈驟裂，那六位大頭鬼坐在第一車，距離尚遠，所以並不傷損。當時各家屬驚信，都哭哭啼啼的趕到這地方，將活的扛抬回家，死的用棺盛殮。看官們試想，人死為鬼，做了鬼，那裡還有什麼再死的？不知鬼死為聻。這個典故出在《五音集韻》及《酉陽雜俎》的書上，不是編書的信口亂說。（第二回）

看來，一直到晚清，鬼死為聻的說法仍然被小說家們所利用。尤其是後一篇作品，用這個故事諷刺革命黨中的「冒失鬼」，同時也漫罵清廷的那些「大頭鬼」。而且，這位不知名的小說作者還引經據典，公然在小說作品的敘事過程中交代典故來源。

這至少可以說明三點：第一，中國人對於傳說的接受真正是潛移默化而又經久不衰。第二，這位作家與蒲松齡鼓桴相應，體現了「聊齋」中的故事並非孤掌難鳴。第三，這種在敘述故事的過程中夾以考證的做法，充分體現晚清不少小說作品藝術的低劣。

東宮・皇帝・戇騃・剽竊

東宮者，太子也。太子者，是天底下最大的「兒子」。這就好像天下最大的山叫「太山」，最大的湖叫「太湖」，最大的原叫「太原」一樣。當然，這裡所說的一系列「最大的」，難免有古人知識侷限的誤解。

在古代中國，像太子這種「一人之下萬人之上」的人物也經常被納入小說作家的視野。因為這種人物極具政治彈性，他有時能代表皇帝，有時又是皇帝最大的心腹之患，有時能幫助皇帝收買人心，有時又暗中圖謀不軌、搶班奪權。至於太子與其兄弟之間的關係，和睦相處者少，鉤心鬥角者多。這一切，在某些歷史演義小說如《隋煬帝豔史》《隋史遺文》等作品中已經是司空見慣了。

太子自幼生長於深宮，對世事不太清楚。如果碰上一位過於不經世事的太子，最終當了皇帝，那可就是全體國民的災難了。不說別的，僅這些「太子殿下」所說的一些屁話，就足以把活人氣死。

有一部歷史演義小說《東西晉演義》，其中記載了那個時代最癡呆的皇帝晉惠帝的一些昏話：

> 惠帝為人戇騃，是日朝散，即入華林園閒玩，忽蝦蟆叫，乃問左右曰：「此鳴者，為官乎，為私乎？」左右對曰：「在官地為官，在私地為私。」時天下飢饉，百姓饑死，左右奏知，惠帝曰：「何不食肉糜？」（卷之二）

這一段，基本照抄正史：

> 帝又嘗在華林園，聞蝦蟆聲，謂左右曰：「此鳴者為官乎，私乎？」或對曰：「在官地為官，在私地為私。」及天下荒亂，百姓餓

死，帝曰：「何不食肉糜？」（《晉書・惠帝紀》）

無獨有偶，而且是有「洋偶」。戇騃的晉惠帝居然在一千多年以後找到了「海外知音」——同樣不經世事而癡呆得可以的法國皇帝路易十六。請看這樣一件令人啼笑皆非的事：

1788 年法國遭受天災，農業歉收，百姓最基本的食品麵包短缺。路易十六所提出的解決辦法竟然是：「讓他們吃蛋糕吧！」（邁克爾・法誇爾（美）《瘋子、傻子、色情狂》第 60 章《從天堂到地獄》，中信出版社，2003 年，第 303 頁。轉引自李景屏《乾隆與路易十六之死》，載《文史知識》2009 年第七期）

「何不食肉糜？」「讓他們吃蛋糕吧！」中外兩位生性懦弱的戇騃皇帝的狗屁話何其相似乃爾！之所以如此，主要因為他們都不是自己打天下的建功立業的皇帝，而是自幼生活在深宮的由太子而升任的天子。自然，他們對民間疾苦便茫然不知了。

當然，像這樣的戇騃太子畢竟一千多年才出一個，一百餘國才出兩個。在中國歷史上還是有些相當不錯的「東宮太子」的。他們有的仁義賢明，有的多才多藝，而《野叟曝言》一書中所寫的一位東宮太子則是既賢明又有才藝的。何以知之？他送給大功臣文素臣的一首七言律詩足以證明。詩曰：「大德臨行報一毫，紗冠寶帶雁翎刀；威宣北地乾坤轉，功蓋南天泰華高；海上神鷹方作勢，穴中社鼠豈能逃！太平無事歸來日，弟與先生換紫袍。」（第八十八回）

粗粗一看，此詩確實寫得不錯。氣勢磅礴，對仗工整，詞句鏗鏘，音節響亮。但在中國，只要讀過《千家詩》的人即刻便可指出他是剽竊的，至少是半剽竊的。因為《千家詩》中載有明世宗《送毛伯溫》一詩，詩云：「大將南征膽氣豪，腰橫秋水雁翎刀。風吹鼉鼓山河動，電閃旌旗日月高。天上麒麟原有種，穴中螻蟻豈能逃。太平待詔歸來日，朕與先生解戰袍。」

然而，誰能料到，明世宗這首《送毛伯溫》的詩也是「剽竊」的呢？而且是子孫後代剽竊老祖宗的一首詩。先看一則資料：

《交事紀聞》紀：世宗御製《送毛伯溫南征》詩：「大將南征膽氣豪，腰懸秋水雁翎刀。風吹金鼓山河動，電閃旌旗日月高。天上麒麟原有種，穴中螻蟻莫能逃。太平頒詔回轅日，親與將軍脫戰袍。」《損齋備忘錄》則太祖《送總兵楊文征蠻》詩也。「雁翎刀」

曰「呂虔刀」。末云:「大標銅柱歸來日，庭院春深慶百勞。」《備忘錄》作於弘治中，《交事紀聞》之附會不言可知，然太祖制集無之。又見宋時一小說云:是哲宗《送大將征夷》，則其來久矣。然哲宗事亦不足信，蓋野人之談三變矣。(明・王世貞《弇山堂別集》卷二十七《史乘考誤》八)

生活在明世宗時期的「後七子」領袖王世貞先生似乎不太相信明太祖朱元璋給明世宗朱厚熜作過詩歌示範，但是，四庫本《明太祖文集》卷二十卻載有朱元璋的這首《賜都督僉事楊文廣征南》詩:「大將南征膽氣豪，腰懸秋水呂虔刀。雷鳴甲胄乾坤靜，風動旌旗日月高。世上麒麟真有種，穴中螻蟻竟何逃?大標銅柱歸來日，庭院春深聽伯勞。」

《全明詩》除首句「南征」作「征南」外，也全文照錄此詩於朱元璋名下。可見後人還是承認朱元璋寫有這首「御賜」詩的。

至於宋哲宗是否有《送大將征夷》一詩，那只有天知道。估計是小說家言，不足為信。但這個詩題中的「征夷」二字，卻讓我們聯想到一個可能:明太祖、明世宗分別寫給楊將軍和毛將軍的這兩首詩，都是「大將南征」，征的誰呢?多半是「南蠻子」之類。特別是明世宗的那首詩，因為被錄入《千家詩》，影響較大。如是，一個皇帝寫一首詩激勵手下的將軍去征南蠻，這在封建時代是再正常不過的事。但在今天，卻是不能提倡的。因此，今天的某些《千家詩》版本，就毫不猶豫地將這首《送毛伯溫》給刪掉了。至於刪掉的理由，當然是因為它屬於「少數內容不健康的作品」。(《出版者的話》，見江西人民出版社 1981 年版《千家詩》)

不知道是《千家詩》將明世宗的詩「刪」得對，還是《全明詩》將明太祖的詩「存」得對。反正總有一方不太對。

但無論如何，老百姓卻是頗為欣賞明世宗的這首詩的，至少是欣賞其中某些佳句的。某些通俗小說借用其詩句恰可說明這一點。聊舉一例:

晚清小說《五美緣》第四十二回寫到官府出兵追趕強盜時，自然而然地「借用」了其中的兩句:「風吹鼉鼓山河動，電閃旌旗日月光。」

較之《野叟曝言》中的借用，這裡更為直截了當。

代表普通民眾審美趣味的通俗小說作者們的選擇，肯定有他們的道理。而且這「道理」一般來說大多超過那些自以為是的出版者的「道理」。

醜惡的「夫妻共事一人」

《紅樓夢》中，賈寶玉與花襲人、蔣玉菡三人之間的關係是頗為曖昧的。

一開始，賈寶玉與花襲人是主僕關係，但這不是一般的公子與婢女的關係。先是寶二爺與花襲人「初試雲雨情」，後來又是王夫人內定了花襲人「準姨娘」的地位。然而，花襲人究竟未能由賈寶玉的通房大丫頭轉而成為寶二爺的小星，因為她早已在太虛幻境中「名花有主」了。且看《紅樓夢》第五回的預敘：「寶玉看了，又見後面畫著一簇鮮花，一床破席，也有幾句言詞，寫道是：枉自溫柔和順，空雲似桂如蘭，堪羨優伶有福，誰知公子無緣。」此處鮮花、破席就是花襲人的意思。此處公子即賈寶玉，而優伶則指蔣玉菡。後來在一次酒席之上，蔣玉菡也隨口念出了「花氣襲人知晝暖」的句子。

就花襲人與蔣玉菡的夫妻關係而言，在現實世界裏的「媒人」恰恰是賈寶玉。還是在那次酒席上，因為蔣玉菡無意間觸犯了寶二爺愛寵的芳諱，故而引起了下面這段故事：

> 少刻，寶玉出席解手，蔣玉菡便隨了出來。二人站在廊簷下，蔣玉菡又陪不是。寶玉見他嫵媚溫柔，心中十分留戀，便緊緊的搭著他的手，叫他：「閒了往我們那裡去。還有一句話借問，也是你們貴班中，有一個叫琪官的，他在那裡？如今名馳天下，我獨無緣一見。」蔣玉菡笑道：「就是我的小名兒。」寶玉聽說，不覺欣然跌足笑道：「有幸，有幸！果然名不虛傳。今兒初會，便怎麼樣呢？」想了一想，向袖中取出扇子，將一個玉玦扇墜解下來，遞與琪官，道：「微物不堪，略表今日之誼。」琪官接了，笑道：「無功受祿，何以

> 克當！也罷，我這裡得了一件奇物，今日早起方繫上，還是簇新的，聊可表我一點親熱之意。」說畢撩衣，將繫小衣兒一條大紅汗巾子解了下來，遞與寶玉，道：「這汗巾子是茜香國女國王所貢之物，夏天繫著，肌膚生香，不生汗漬。昨日北靜王給我的，今日才上身。若是別人，我斷不肯相贈。二爺請把自己繫的解下來，給我繫著。」寶玉聽說，喜不自禁，連忙接了，將自己一條松花汗巾解了下來，遞與琪官。二人方束好，只見一聲大叫：「我可拿住了！」只見薛蟠跳了出來，拉著二人道：「放著酒不吃，兩個人逃席出來幹什麼？快拿出來我瞧瞧。」二人都道：「沒有什麼。」薛蟠那裡肯依，還是馮紫英出來才解開了。（第二十八回）

接下去，所發生的故事就更令人感覺到意味深長了，寶二爺送給蔣玉菡的「松花汗巾」居然是花襲人的，而這位怡紅公子居然又將蔣玉菡真情奉獻的「大紅汗巾子」繫到了花襲人腰上。就是在這等細微之處，作者運用「金針暗度」手法，把蔣玉菡和花襲人「繫」到了一起。

就寶玉與蔣玉菡的關係而言，也是十分曖昧的。當兩個男人情意殷殷地交換信物「汗巾」時，已經說明他們之間有同性戀之嫌疑了。否則，何以薛蟠要大喊大叫「我可拿住了！」而後來寶玉挨打的三條罪狀之一就是「在外流蕩優伶，表贈私物」。（第三十三回）忠順王爺都找不到蔣玉菡的蹤跡，他賈寶玉卻知道得一清二楚。更有意味的是寶玉挨打之後，居然對著心愛的林妹妹說：「你放心，別說這樣話。就便為這些人死了，也是情願的！」（第三十四回）這些人指的是誰？無非是異性知己金釧兒和同性戀人蔣玉菡等。

由上可知，花襲人是寶二爺的「內寵」，蔣玉菡則是寶二爺的「外寵」。後來，這金屋中的「內寵」居然嫁給了那市井中的「外寵」。但對於蔣玉菡夫妻而言，他們卻「曾經」共事一人，這一人就是賈寶玉。

《紅樓夢》只是寫了蔣玉菡夫妻「曾經」有過的這一段共事一人的畸形愛戀而已，並沒有寫他們成親後仍然無恥地共事一人。但是，在最先出現的《紅樓夢》續書《後紅樓夢》中，這種「夫妻共事一人」的醜惡事件卻被蔣玉菡們自覺地延續下去，恬不知恥，反以為榮。且看：

> 這襲人自從跟了黛玉，每每防備著寶玉鬧他，一則怕黛玉醋意，二則怕晴雯口齒尖利，傳揚開來。雖則丈夫蔣玉函時常勸襲人與寶二爺相好，說道：「你我兩個人服事寶二爺，無分彼此，我們前

後也受他多少好處，你再不要在我面上存半點子疑心，你若要在這個上疑忌我，不是夫妻情分了。」襲人見蔣玉函真心，倒也並無疑忌，也將黛玉、晴雯的話告訴他，說：「我而今若有一點子落在兩人眼裏還了得！」蔣玉函便叫襲人瞞了黛玉、晴雯悄悄與寶玉好。（第二十四回）

後來，花襲人果然遵從夫命，與舊情人寶二爺偷偷地好上了：「這襲人雖與寶玉外面疏遠，心裏卻照舊顧戀，一聞此言，心裏就疼著寶玉，也將黛玉、晴雯忘記了，只說一句：『小祖宗何苦呢。』一手便開出門來。寶玉一進去，便關上門，拉住他低低的笑著，告訴他一定要敘舊。襲人本來水性楊花，又是幼交情重，如何不依。」以至於事後旁觀者清的史湘雲背著人偷偷打趣這位當年的屋里人、今天的偷情者：「史湘雲坐了起來，拉襲人坐下。……又笑著摩摩襲人的肚子說道：『昨夜可曾懷一塊小寶玉？』惹得襲人臊得了不得。」（同上）

蔣玉菡公然鼓勵妻子去和原先的舊主人兼自己的同性戀者相好，居然胡說什麼「你我兩個人服事寶二爺，無分彼此。」簡直是無恥之尤！從中，也可看出《後紅樓夢》在《紅樓夢》面前審美意味的一落千丈。然而，蔣玉菡只不過是背著賈寶玉的面去鼓勵妻子而已，他們三人並沒有在同一時間、同一地點演出一場「夫妻共事一人」的醜劇。那麼，人間是否真有這樣的醜劇呢？筆者孤陋寡聞，沒有聽說過，但在中國古代的豔情小說中，這種醜劇卻實實在在地演出過。

在一部名為《鬧花叢》的小說中，有一男子陳次襄為了勾引美男子龐文英滿足自己的「斷袖」之欲，竟然命令自己的妻子瓊娥（婚前曾經與龐文英有染者）作為誘餌去「釣」龐文英。他甚至恬不知恥地說：「你若為我誘他來，便將功折罪。」最後，陳次襄終於「釣魚」成功，並與文英、瓊娥共同演出了最為醜惡的一幕：

三人對酌飲了一會。次襄暗想：「我平日不曾見有這般形容，今見了龐秀才，實放心不下。」沉吟半晌，忽想道：「是了，我想龐生酷好女色，他與我妻原有夙好，不若以此局誘之，事必諧矣！」……文英沉醉，把兩手摟定瓊娥，親了幾親，瓊娥羞慚滿面。那次襄要徇自己之所欲，管什麼妻小。又滿斟一杯，文英一吸而盡，竟頭重腳輕，倒桌邊昏沉睡去。次襄同侍婢扶到床邊，移燈照時，但見兩

> 腮紅如胭脂點染，次襄一見，魂蕩意迷。又喜文英大醉，所以聳動移時。瓊娥看到出神之處，不禁扯住次襄求歡，次襄道：「你有舊情人在此，何須尋我。少待片時，自有樂處。他若醒來有言，幸汝為我解釋？」瓊娥含笑許諾，次襄遂走進房去睡了。……瓊娥移步近身而解道：「拙夫只因醉後觸犯，罪事有逃，所以特命妾來肉袒以謝。」文英雖則萬分著惱，然以瓊娥低聲俏語，態度風流，禁不住春興勃然，向前抱住。那瓊娥並不推辭，即解衣就榻。……次日早膳後，次襄趨入謝罪。文英笑道：「既有尊嫂情面，罪當消釋。」……一日次襄出門，閒步玩景。及回進書館，不見文英。遠聽得內廂有人言語，又聞笑聲吟吟，便悄悄潛步進房，把身閃在一邊，見其妻與文英交合，看得動火，不由分說亦扒上床。三個一串，彼往此來，足是有兩個時辰方止。（第六回）

這樣的「夫妻共事一人」雖然較之《後紅樓夢》所寫，有些人物關係的錯位，但從本質上講卻是一致的。而且，這種描寫較之《後紅樓夢》而言，更加等而下之，更加污穢齷齪，是那種赤裸裸的直觀的卑鄙齷齪。

誠然，人類是有動物性的一面，尤其是在「食」「色」兩大方面更能體現動物的本能。所謂「民以食為天」，所謂「色膽大如天」都是這個意思。然而，我們的文學作品在反映人類的動物本能的時候，是「寫意」還是「寫實」，這就是考驗一位作家審美趣味、藝術功力的關鍵時刻了。

上述三部小說作品都涉及到「夫妻共事一人」的問題，或者說都同時涉及到異性相悅和同性相戀的問題，但敘述這樣事情的藝術層次卻是天懸地隔的。《紅樓夢》是寫意的，《鬧花叢》是寫實的，而《後紅樓夢》則在寫實與寫意之間。《鬧花叢》產生於《紅樓夢》之前的康熙年間，《後紅樓夢》則產生於《紅樓夢》以後的乾隆末期，就審美趣味而言，三部作品之間形成了由極低向極高的上升而後又由極高向半高的下滑。而這一條曲線，這一條表面看來頗為美妙的曲線，恰好標識了清初到清中葉通俗小說創作審美趣味的基本走向。

「十全」「十不全」與「施不全」

乾隆皇帝自號「十全老人」，並因此而寫了《十全記》一文。文中說道：「昨準廓爾喀歸降，命凱旋班師，詩有十全大武揚之句，蓋引而未發。茲特敘而記之。……予之十全武功庶幾有契於斯而可志以記之乎？十功者，平準噶爾為二，定回部為一，掃金川為二，靖臺灣為一，降緬甸、安南各一，即今二次受廓爾喀降，合為十。」（《御製文》三集卷八）

此所謂「十全」，乃指十全武功。指的是乾隆在位期間進行的十次規模較大的戰爭：「平準噶爾為二」指的是兩次平定新疆天山北路厄魯特蒙古準噶爾部的分裂割據，「定回部為一」指的是平定新疆天山南路回部大小和卓的叛亂，「掃金川為二」指的是兩次平定四川西北部大小金川地區的叛亂，「靖臺灣為一」指的是平定臺灣林爽文起義，「降緬甸、安南各一」指的是對緬甸和越南用兵各一次，「二次受廓爾喀降」指的是兩次擊敗尼泊爾軍隊的進攻。

為此，乾隆帝還專門刻了一枚「十全老人」的玉璽，並寫有《十全老人之寶說》一文。該文開篇有云：「《十全記》既成，因選和闐玉，鐫十全老人之寶，並為說。」（《御製文》三集卷四）文章的重點是闡發了「十全」並非單指武功還包括其他方面云云。

中國人普遍有追求「十全十美」的嗜好：搞個中藥，要命名為「十全大補丸」；搞個樂曲，要叫做「十面埋伏」；搞點風景，要命名為「××十景」；搞個鹹菜，也要叫做「什錦菜」；就連定個軍銜，也是「十大元帥」「十大大將」。如此等等，不一而足。

然而，讓乾隆皇帝及其「同好」們始料未及的是，在中國古代小說中，

「十全」有時竟然是一種諷刺。

有一部小說叫《療妒緣》，其中的妒婦秦淑貞在已經被「療」好了「妒」以後，為了戲耍丈夫朱綸，竟買了一個「十全」的女子為丈夫做妾。這是一個什麼樣的女子呢，請聽秦淑貞女僕的介紹：「怎不是十全？他眼是白的，嘴是歪的，頸是縮的，背是曲的，手是盤的，肚是凹的，腿是折的，腳是大的，力是有的，降丈夫是會的，豈不是十全？」（第七回）

這當然是極度誇張的寫法，所謂「十全」，實在是「十不全」。讀者或許會認為，世界上恐怕是很難找到如此「十不全」的醜女人吧。然而，世事難料，「十不全」的醜女人或許難找，卻有個其醜無比「十不全」的男人名叫「施不全」。他，就是大名鼎鼎的施公——施世綸（或作施仕倫）。

《施公案》一開頭是這樣介紹施公的：「清朝康熙年間，風調雨順，國泰民安。揚州府江都縣，姓施名仕倫，御賜諱不全。為人清正。五行醜陋。」

康熙帝為什麼要給大將軍施琅的兒子賜字「不全」呢？小說中的解釋是他「五行醜陋」，那麼，究竟醜陋到何種程度呢？還是來看《施公案》中的描寫：「施公隨惡奴走至門外，……惡棍閃目外看，站立一人：麻臉、缺耳、歪嘴，雞胸駝背，身軀瘦弱，容甚不好。」（第三十七回）「走了不到二三里光景，施公那步履便覺艱難。一拐一溜，……不要說是那殘疾腿，連那好腿都似發漲的樣兒。」（第一百零七回）「容貌：長臉，細白麻子，三綹微鬚，蘿蔔花左眼，缺耳，凸背，小雞胸，細瞧左膀不得勁。頭裏看他走路，就是踮腳。身材瘦小，不甚威風。」（第一百四十回）「瞧模樣：麻臉歪嘴，蘿蔔花左眼，缺耳，前面有個小小雞胸，後有個凸背，左膀短，走路還踮著腳兒。」（第一百四十一回）「何況你這個資格好認的：前雞胸，後羅鍋，短胳膀，麻面歪嘴，左眼蘿蔔花；我猜你走道兒，還是個踮腳兒咧！」（第一百四十四回）「有人會說道：『雖則吳成認不得施公，難道沒聽見人家說過，施不全是個十樣景嗎？』列公不知，有個緣故：大凡一個人睡的時候，與平時不同。憑你蜇足、攤手、駝背、獨眼、麻面、缺嘴（耳）、歪嘴，要是不見臉面，再也看不出來。」（第一百九十回）

書中描寫施公「尊容」的地方還有不少，以上所舉是比較典型的。將上面幾處描寫加在一起而去其重複，我們大致可以得到施世綸的為什麼叫做「施不全」的「十樣景」。那就是：麻臉、缺耳、歪嘴、弱體、踮腳、獨眼、雞胸、駝背、癱手、斜膀。

更有意味的是，《施公案》的作者一方面盡情地描摹著施公的「醜陋」，似乎在寫作方法上有些突破，居然將書中頭號正面人物寫得其醜無比。但是，其內心深處終究有些不平，總覺得以這樣一副尊容去描寫一個反面人物似乎更為妥當一些。於是，在第三百五十四回，作者終於將這「十不全」的醜陋賦予了一個反面形象——惡霸溫球之子。書中寫這個惡霸看中一個美貌女子——梁世和的女兒，於是就「託言給他兒子求婚。爭奈他兒子是個十不全，人人皆知的。不必說梁世和的女兒，已經許下婚事；就是沒有許下，梁世和也斷不肯把一個愛如拱璧、貌若天仙的女兒，許這個十不全」。此事最後當然是引起了一大段故事，我們且不去管他。但這段描寫卻從側面證明了一點：所謂「施不全」，其實也是因為他的「十不全」導致的作者的一個「妙謔」。

講到這裡，一個問題自然而然就提到了桌面：小說中的施仕倫面容如此不堪，這符合歷史上施仕倫其人的真實情況嗎？答案是：符合，至少是八九不離十。

施世綸，《清史稿》有傳，略謂：「施世綸，字文賢，漢軍鑲黃旗人。琅仲子。」傳記中對施世綸的仕途業績的記載與《施公案》中的描寫出入不大。且對他的評價甚高：「世綸當官聰強果決，摧抑豪滑，禁戢胥吏，所至有惠政，民號曰『青天』。」並沒有涉及他貌寢的問題，更沒有如小說中那種「施不全」「十樣景」一類的誇張描寫。但這不能說明小說中的描寫是空穴來風。正史中的記載往往是「為尊者諱」「為賢者諱」，一般是不會記載這些不利於正面人物的材料的。然而，在野史筆記中卻往往會留下正史所「遺漏」的歷史真實。且看以下材料：

> 漕憲施公，貌奇醜，人號為「缺不全」。初仕縣尹，謁上官，上官或掩口而笑，公正色曰：「公以某貌醜耶？人面獸心，可惡耳。若某則獸面人心，何害焉！」(《巢林筆談》)

「施不全」，顧公燮《消夏閒記》云：「康熙時蘇州施撫軍世綸，係將軍琅之子，以功蔭。貌甚奇，眼歪，手卷，足跛，口偏。」(鄧之城《骨董二記》)

由上可知，歷史上的施世綸是真正的醜得可以。但是，外在的美醜能與內在的美醜劃等號嗎？當然不能。還是施世綸自己說得好：「人面獸心，可惡耳。若某則獸面人心，何害焉！」原來古人早就明白了透過現象看本質的道理。更何況，依據萬物對立轉移的原則，或者說，根據莊子相對論的視點，「全」或許就是「不全」，而「十不全」或許正是「十全十美」哩！更更何況，當今的紅男綠女在觀看一些娛樂節目的時候，有不少人不是正習慣於以「審醜」代替「審美」嗎？

林黛玉靈魂的歸宿以及「離恨天」「相思地」

《紅樓夢》第九十八回的回目是「苦絳珠魂歸離恨天，病神瑛淚灑相思地」，不管這是曹雪芹的遺稿還是高鶚的手筆，如此美文確實令人讚歎不已。但是，這裡面卻有一個有趣的問題：何謂「離恨天」和「相思地」？

有的《紅樓夢》續書因無法描寫「離恨天」，逕自將死去的「苦絳珠」林黛玉送歸「太虛幻境」。如秦子忱《續紅樓夢》第一卷寫道：「話說林黛玉，自那日屬纊之後，一點靈魂出殼，亦不知其死。出了瀟湘館，悠悠蕩蕩而行。四顧茫茫，不知身在何所。」後金釧兒前來迎接她到了一個地方，並告訴她「此處名為太虛幻境」。該書第二卷，作者又通過鴛鴦之口說道：「我們這個太虛幻境，在上界之下，下界之上，原是個虛無縹渺的所在。」這樣解釋林黛玉的歸宿，似乎也還合理，但終究與原著有些隔膜——沒有寫「離恨天」。

嫏嬛山樵的《補紅樓夢》除了在第一回模仿秦子忱《續紅樓夢》，也將林黛玉送到太虛幻境而外，又在該書第二回寫了一個「金鴛鴦魂歸離恨天」的情節。而鴛鴦姑娘所歸之「離恨天」其實也就是太虛幻境，因為她很快就和林黛玉、秦可卿、晴雯等人「會師」了，並「一齊進絳珠宮裏坐下」。而所謂「絳珠宮」，正是林黛玉在太虛幻境中的住處。請看晴雯的介紹：「這裡叫絳珠宮，姑娘原是瀟湘妃子，絳珠宮的主人。」「這裡叫做太虛幻境，有個警幻仙姑總理這裡的事。」這位作者，其實是將離恨天與太虛幻境混為一談了。

其實，用「太虛幻境」偷換「離恨天」或者將二者混為一談都是「不負責任」的，因為「太虛幻境」是曹雪芹的一項發明，而「離恨天」卻是淵源有自的。

要想解釋什麼是「離恨天」，首先來看看什麼是「離恨」。有一段佛教經文涉及「離恨」這一概念：「吾從世尊，聞如是語。苾當知。若有於恨未如實知。未正遍知。未能永斷。彼於自心。未離恨故。不能通達。不能遍知。不能等覺。不能涅槃。不能證得無上安樂。若有於恨。已如實知。已正遍知。已能永斷。彼於自心。已離恨故。即能通達。即能遍知。即能等覺。即能涅槃。即能證得無上安樂。是故於恨。應如實知。應正遍知。應求永斷。於佛法中。當修梵行。爾時世尊，重攝上義。而說頌曰：若於恨未知，彼去涅槃遠。於恨已知者，去涅槃不遙。我觀諸有情，由恨之所染。還來墮惡趣，受生死輪迴。若能正了知，永斷此恨者，得上沙門果，畢竟不受生。」（《本事經》卷二）

這裡所說的「離恨」，與「離恨天」之「離恨」顯然有些距離，而且也不太可能被廣大通俗讀物的讀者所接受。而佛教內典則認為：「三十三天，離恨天最高；四百四病，相思病最苦。」（引自胡傳吉《吾之大患，為吾有身》一文）這種解釋，恐怕更接近於中國古代普通民眾的認知水平。故而，在中國古代廣大民眾的傳說中，就產生了「離恨天」獨特的意象：傳聞它是三十三天的最高一層，是男女相思最煩惱的境界。它所表達的是男女抱恨，長期不得相見的痛苦和遺憾，有時也比喻男女離愁別恨的廣漠無際。

至遲從元代開始，「離恨天」就在通俗的文學樣式中反反覆覆出現了，運用這一意象最多的是元人雜劇和元明散曲作品。聊舉數例如下：

「便好道三十三天離恨天最高，四百四病相思病最苦。」（元・吳昌齡《張天師》第二折）

「這的是兜率宮，休猜做了離恨天。」（元・王實甫《西廂記》第一本第一折）

「三十三天，離恨天最高；四百四病，相思病最苦。」（元・石子章《竹塢聽琴》第二折）

「三十三天覷了，離恨天最高；四百四病害了，相思病怎熬？」（元・鄭光祖《倩女離魂》第一折）

「最高的離恨天堂，最低的相思地獄。」（元・大都行院王氏【北中呂・粉蝶兒】套《寄情人》）

「喚不應離恨天，填不滿憂愁海，趕不上相思路。」（明・湯式【北南呂・一枝花】套《夏閨怨》）

「銀缸燒盡也，不成眠，人去空遺離恨天。」（明・張鳳翼【南呂・梁州新郎】《春閨》）

「風流孽瘴還不免，畢竟是為他牽纏，怎能夠春生庭院，把孔雀屏遮離恨天。」（明・馮廷槐【南越調・鬥寶蟾】套《思情》）

「高的離恨天，深的是憂愁海，薄的是佳人命。」（明・無名氏【北雙調・新水令】套《雲窗秋夢》）

在上述這些例子中間，與「離恨天」「離恨天堂」相對而言的是如下詞彙：「兜率宮」、「相思病」、「相思地獄」、「相思路」、「憂愁海」、「佳人命」。要準確把握「離恨天」的含義，我們必須從那些與之相對而言的概念入手。

所謂「兜率宮」，即「兜率天」，本是漢傳佛教的概念：「須彌山半，四萬二千由旬，有四天王天。須彌山頂為帝釋天，上一倍為夜摩天，上為兜率天。」（《阿含經》）後來不知什麼原因，兜率宮變成了道教第一任最高主神太上老君「退居二線」以後的府第，《西遊記》正是這樣寫的：「好大聖，搖搖擺擺，仗著酒，任情亂撞，一會把路差了，不是齊天府，卻是兜率天宮。一見了，頓然醒悟道：『兜率宮是三十三天之上，乃離恨天太上老君之處，如何錯到此間？——也罷，也罷！一向要來望此老，不曾得來，今趁此殘步，就望他一望也好。』」（第五回）

這裡又將「兜率宮」與「離恨天」扯到了一起，似乎「離恨天」是一個較大的環境，「兜率宮」則是「離恨天」中間的一座建築。但這種描寫顯然不符合《西廂記》中的本意，王實甫所說的「兜率宮」代指佛門禁地，而與之相對的「離恨天」則指青年男女相思最煩惱的境界。

與《西遊記》一脈相承而又稍有變更的是晚清小說《精神降鬼傳》中對兜率宮和離恨天的描寫：

> 再說精神同換形使者謝恩下殿，向兜率宮而來。列位敢說，這座宮殿是個甚麼所在？明公聽講：這兜率陀天在三十三天以上□倍。七夕牛女相會之宮也。精神行來，遠遠望見斗大的兜率宮三字，門上帖一副劉聯，寫的是：「百鳥投河雙星得渡，」次聯是：「人間乞巧天上結緣。」內有一匾，是「七夕佳會」四大字。……既終席，兩人出的宮來，要上殿謝恩，不禁向半空中送了一目，遠遠望見諸

天之上，又有一個所在。上邊題著離恨天三字。門上帖一副對聯，寫的是：「天若有情天亦老，」次聯是：「月如無恨月常圓。」簪是「忠孝節義」。精神不解其故，詢於換形使者。使者道：「此處居的都是陽間抱恨而亡的冤魂，酆都閻君不收。他那精神不敬（散），飄飄蕩蕩，飛上天來。上帝處之此館，等他那所恨之人到來，再為判斷，或了前生債，或結再生緣，所以名之為離恨天。」精神聽之不禁酸鼻。（第八回）

這個「離恨天」雖然繼承《西遊記》而來，卻甚是符合《紅樓夢》的情理。試想，林黛玉難道不是「陽間抱恨而亡的冤魂」嗎？閻王都不敢收留她！她精神不散，只好到上帝專為這些離恨之人建造的所在來暫時居住。這位瀟湘妃子想必也在這裡等候她的怡紅公子那「所恨之人到來」，「或了前生債，或結再生緣」吧！

除了「兜率宮」與「離恨天」意義相反以外，其他如「相思病」「相思地獄」「相思路」「憂愁海」「佳人命」都是與之意義相同或相近的概念。其間，「憂愁海」意義顯豁，就是憂愁如海的意思；「佳人命」的意思也很清楚，就是紅顏命薄如紙。至於「相思病」、「相思地獄」、「相思路」這一組概念，含義相同而角度不同，其中與「離恨天」對仗較為工整的乃是「相思路」。但從完美的角度看問題，「相思路」又不如「相思地」更為精準。

「相思地」這一概念，當然也不是曹雪芹或者高鶚的發明，從宋代到明代的詩詞作品中，詩人們多次表達了這一意象。聊舉數例：

「要知別後相思地，獨上西山下夕陽。」（宋・馮時行《縉雲文集》卷二《送同年朱元直監稅》）

「後夜相思地，寒梅影正橫。」（宋・張栻《南軒集》卷五《送周畏知》二首之一）

「甫能得睡夢到相思地。」（宋・蔡伸《友古詞》【點絳唇】《登歷陽連雲觀》）

「錦窠行樂相思地，幾微酸薦晚春。」（元・釋明本《梅花百詠》附錄《和馮海粟作》）

「春風聯佩相思地，玉陛鞭聲散曉鴉。」（明・程敏政《篁墩文集》卷六十五《送陸文量駕部出使河南次留別韻》）

這些作品中的「相思地」，多半指的是引起或抒發「相思」的地方。況且，這些詩句也都沒有將「相思地」與「離恨天」直接對仗起來。那麼，首次將這二者聯繫在一起而形成一個絕妙對句的人是誰呢？目前所知，應該是明代大文豪楊慎。請看明代另一位大文豪王世貞的記載：「楊狀元慎，才情蓋世，所著有《洞天玄記》《陶情樂府》《續陶情樂府》，流膾人口，而頗不為當家所許。蓋楊本蜀人，故多川調，不甚諧南北本腔也。摘句如：『費長房縮不就相思地，女媧氏補不完離恨天。』」（《弇州四部稿》卷一百五十二《藝苑卮言》附錄一）

應該說，楊狀元的這兩句調笑意味極其濃烈的歌詞，恰恰就是《紅樓夢》中美文回目「苦絳珠魂歸離恨天，病神瑛淚灑相思地」的直接來源。

更有意味的是，就在《紅樓夢》產生的當時和稍後，像「離恨天」這樣一個充滿詩情畫意的境界仍然被詩人們纏纏綿綿地訴說下去。如與高鶚同時的洪亮吉（1746～1809），就在他的詩作中反反覆覆表達之。現取其《洪北江詩文集》中相關的句子來作為這篇短文的結束：

「生世應居離恨天，愛從生後說生前。銅仙又復垂鉛淚，會面居然五百年。」（卷四《夢遊仙詩三十二首》）

「共守東皇藥灶邊，傳言玉女試金仙。回眸不語拈花笑，一夕都生離恨天。」（卷七《緱山道中夢遊仙詩》）

……

以「齷齪」報復「卑鄙」

璉二奶奶是不容侵犯的。

這個結論是《紅樓夢》中的王熙鳳通過「毒設相思局」告訴賈瑞的，同時，也告訴了讀者。「毒設相思局」的最佳表現形態是以「齷齪」報復「卑鄙」，那是一個多麼令人感受複雜的場面哪！當賈蓉、賈薔兄弟從賈瑞那兒各敲詐到五十兩銀子的欠契以後，哥兒兩個帶領「瑞大叔」舉行了「毒設相思局」的「閉幕式」。

> 說畢，拉著賈瑞，仍熄了燈，出至院外，摸著大臺磯底下，說道：「這窩兒裏好，你只蹲著，別哼一聲，等我們來再動。」說畢，二人去了。賈瑞此時身不由己，只得蹲在那裡。心下正盤算，只聽頭頂上一聲響，嘩拉拉一淨桶尿糞從上面直潑下來，可巧澆了他一身一頭。賈瑞掌不住噯喲了一聲，忙又掩住口，不敢聲張，滿頭滿臉渾身皆是尿屎，冰冷打戰。只見賈薔跑來叫：「快走，快走！」賈瑞如得了命，三步兩步從後門跑到家裏，天已三更，只得叫門。開門人見他這般景況，問是怎的。少不得扯謊說：「黑了，失腳掉在茅廁裏了。」一面到了自己房中更衣洗濯，心下方想到是鳳姐頑他，因此發一回恨，再想想鳳姐的模樣兒，又恨不得一時摟在懷內，一夜竟不曾合眼。（第十二回）

賈瑞想「盜嫂」，結果被鳳辣子「辣」了一把。這種報復手段是極其殘忍也是極其污穢的。在《紅樓夢》那鶯歌燕舞、柳綠桃紅的世界裏，在那鐘鳴鼎食之家，詩禮簪纓之族，溫柔富貴之鄉，作者突然給我們來了這麼一齣，大概也算是主旋律之間的變奏曲吧。在讀慣了甜甜的愛情、酸酸的醋意、苦苦的相思以後，來一點辣辣的報復，也算是給讀者換一點口味吧。

然而，這樣的東西如果在同一部小說作品中寫多了，便有些無聊甚或下流。別的小說作者如果刻意模仿這種描寫，便有些低級或無能了。

還真有人敢於模仿。模仿這種不可多得的以「齷齪」報復「卑鄙」。且看：

> 岱雲連聲說道：「我暫躲一躲，姐姐你須照應。」即慢慢的一步一步走下河灘藏好。……正在胡思亂想，聽得上面窗櫺刮辣一響，一盆水就從窗內倒下來，淋得滿頭滿面。岱雲想道：「是什麼水，還溫溫兒的？」把手摸來，向鼻間一嗅，贊道：「好粉花香，想是施奶奶洗面的，不過衣裳濕了些，也無妨礙。」將臉朝著上頭望那窗子，想要移過一步，卻好一個淨桶連尿帶糞倒將下來，不但滿身希臭，連這耳目口鼻都沾了光。岱雲覺得尿糞難當，急忙移步，那地下有了水，腳底一滑，早已跌在河中，狠命的亂掙，再也爬不出來。上面又是潑狼潑藉的兩桶，實在難過，又不敢作聲，低頭忍受。聽得一陣笑聲，一群兒婦女出去。岱雲將河水往身上亂洗，還想有人來撈他，誰想亭門已經閉上，卻有許多人搖鈴敲梆巡夜而來。……岱雲道：「我因來這園裏與我少奶奶說話，失腳掉在茅廁裏頭，在這河邊洗一洗的。我這副樣子，如何見得他們？求眾位替我遮蓋了罷。」……挨到天色微明，捉空兒跑回去了；溫家也不查點到他。岱雲到了家中，氣了一個半死，猜是小霞詭計，打算尋釁報仇，卻好因水浸了半夜，受了驚，又挨了打，生起病來，延醫調治。（《蜃樓志全傳》第十四回）

這一段描寫較之《紅樓夢》中的那一段描寫，幾個「要素」都是相同的。起邪心的男人看上了某一位美人兒，企圖調戲之。美人兒認為他是癩蛤蟆想吃天鵝肉，於是決意「毒設相思局」。這場鬧劇的高潮是將「癩蛤蟆」騙到「天鵝」的樓窗底下，然後實施「高山流水遇知音」。最後，讓「癩蛤蟆」明白：「天鵝」肉是不能吃的，要吃，也只能吃「天鵝」糞！

但烏岱雲的遭遇也有與賈天祥不同的地方，相對而言，烏比賈稍稍幸運一些。

第一，烏岱雲在經受「齷齪」考驗之前，並沒有交費，而賈天祥卻先交了一百兩銀子的「被打擊費」。

第二，烏蛤蟆在吃天鵝糞之前，先喝了一頓天鵝的洗臉水，這就標誌著他畢竟也曾「一親芳澤」了。其實，那是天鵝在試驗「水炮」的準確度。但只要岱雲先生感覺良好就行了，我們沒有必要去揭穿他。

第三，烏岱雲遭到「污穢」的報復以後，很快掉進河裏，實際上進行了及時的洗滌。而不像賈瑞那樣，要用自己的體溫去「熱愛」逐漸變乾的天鵝糞，直至將自身凍得「冰冷打戰」。

第四，烏岱雲闖出「相思局」以後，幡然醒悟，只「打算尋釁報仇」。而賈天祥卻仍然執迷不悟，雖然「想到是鳳姐頑他，因此發一回恨」，但是，「再想想鳳姐的模樣兒，又恨不得一時摟在懷內」。說穿了，他還沒有真正走出「相思局」。

有了以上四條，再加上引文中那些省略號所代替的那些對旁邊的次要人物的生動描寫，至少可以說，《蜃樓志全傳》中的「相思局」描寫並其實不亞於《紅樓夢》。

然而，它是模仿的。

模仿是第二義的東西。

仿製品再精緻也是不值錢的。

亂七八糟的「金陵十二釵」

《脂硯齋重評石頭記庚辰校本》第十七、十八回有一條朱筆眉批：「前注副（原誤為「樹處引」三字）十二釵，總未的確，皆係漫擬也。至末回『警幻情榜』，方知正副、再副及三四副芳諱。壬午季春，畸笏。」

據此，對於《紅樓夢》中的金陵十二釵究竟是多少人，紅學家們展開了爭執。主要有兩種意見：一是認為金陵十二釵只有正冊、副冊、又副冊各十二人共計三十六人，二是認為金陵十二釵應有正冊、副冊、又副冊、三副冊、四副冊各十二人共計六十人。（參見朱淡文《金陵十二釵應是三十六人》，載《紅樓夢學刊》1981 年第二期）

兩種說法各有理由，在曹雪芹沒有寫清楚的情況下，我們只能存疑。但有一點曹雪芹是寫清楚了的，那就是金陵十二釵正冊十二人。她們是：薛寶釵、林黛玉、賈元春、賈探春、史湘雲、妙玉、賈迎春、賈惜春、王熙鳳、賈巧姐、李紈、秦可卿。（依照《紅樓夢》第五回「金陵十二釵」正冊圖畫及「紅樓夢」十二支曲子的順序排列）

然而，就是這樣經曹雪芹寫得清清楚楚的內容，居然也有人大膽篡改，而且是不止一「人次」地篡改。

產生於乾隆五十六年（1791）到嘉慶元年（1796）的逍遙子《後紅樓夢》是這樣篡改的：

> 一個仙女便揀了一冊遞給他兩個瞧。這裡黛玉、惜春接過來就看。只見這冊面上明明白白的寫著「金陵十二釵」五個大字。翻過來第一頁，是一派水幾片雲，黛玉就猜是史湘雲，後有幾行字逐句的分開，寫道：「亦凡亦聖，混俗含光。潔淨如天高月朗，變化如雲

湧波揚。一朝笙樂上瑤京，鶴背仙風星路冷。」黛玉看過了，惜春說：「往後再看。」便畫著一幅美人像，王妃一樣妝束，也一樣字在後頭。寫的是：「著意留春留得住，春事將闌，又發瓊瑤樹。鳳藻訪嬋娟，黃衣上九天。恩深求合德，喜慶綿瓜瓞。日月有回光，榮寧久久長。」黛玉與惜春彼此驚駭，猜是惜春。急往下看，就便是兩邊樹林交柯接葉，中間懸一顆悲翠玉印，印上掛著個金魚。惜春駭道：「這不是你是誰。」後面寫的是：「月缺重圓，仇將恩報。死死生生，喜歡煩惱。劫灰未盡情緣重，不合春元合春仲。壽山福海快施為，不配清修配指揮。」再看下去便是一天雪花，橫著一根簪兒。後面也一樣的寫道：「言智不爭人先，福慧不居人後。汪汪似千頃之波，獨享期頤上壽。鸞翔鳳起造回文，一百年間兩太君。」約著這個像是寶釵。再往後看便是一枚李花，一柄紈扇，又是一幅鸞，一幅是鳳，後面詞兒通吉利。又一幅畫著一輪明月，一朵彩雲，疑心是晴雯，看他的字便是：「霽月重生，彩雲耀景。靈光不散，合鏡完盟。魑魅魍魎盡潛形，兩世恩仇都報盡。」黛玉、惜春看著十分驚奇。再看下去一幅紫杜鵑花，一幅上畫一個黃鶯兒，又一幅畫了各色花兒，一個美人兒在那裡探望，末了一幅卻是一爐香下面畫一簇菱，詞語兒通好。這黛玉、惜春還要看，早被那個仙女奪了去，仍舊送入櫥內。（第十二回）

按照這裡所寫的林黛玉與賈惜春共同觀看的「金陵十二釵」冊子，再結合《後紅樓夢》書中的具體描寫，這位「逍遙子」心目中的金陵十二釵正冊應該依次為如下諸人：史湘雲、賈惜春、林黛玉、薛寶釵、李紈、賈喜鸞、賈喜鳳、晴雯、紫鵑、黃鶯、襲人、香菱。

與《紅樓夢》相比，《後紅樓夢》中這個金陵十二釵正冊名單變化可真大。除了史湘雲、賈惜春、林黛玉、薛寶釵、李紈五人得以保存以外，竟然將賈元春、賈探春、妙玉、賈迎春、王熙鳳、賈巧姐、秦可卿七人開除在外。所替換的七人又可分為三種情況：第一，《紅樓夢》中明確寫出的副冊又副冊中人物，如晴雯、襲人、香菱三位。第二，《紅樓夢》中沒有寫明進入副冊又副冊中的人物，如賈喜鸞、紫鵑、黃鶯三位，其中，賈喜鸞這個人物在《紅樓夢》中不常出現，她是賈府旁系的一位小姐，在賈母八十大壽時隨母親前來拜壽，「賈母獨見喜鸞和四姐兒生得又好，說話行事與眾不同，心中喜歡，便命他兩個也過來榻前同坐。」（第七十一回）第三，《紅樓夢》中沒有，逍遙子自己創造的人物，如賈喜鳳，就是根據賈喜鸞連類及彼而寫出來的。順便言及，在《後紅樓夢》中，賈喜鸞、賈喜鳳姐妹二人，都被王夫人認作女兒，是書中頗為活躍的人物。

經過逍遙子的改造，金陵十二釵正冊便顯得亂糟糟的。然而，這還不是最亂的，嫏嬛山樵《增補紅樓夢》第三十一回所展示的金陵十二釵正冊、副冊、又副冊的「花譜」名單更是令人大開眼界。現「濃縮」該書的描寫如下：

《金陵十二釵正冊》

第一牡丹花薛寶釵，第二蕊珠花林黛玉，第三紅梅花賈元春，第四梨花賈迎春，第五杏花賈探春，第六白藕花賈惜春，第七海棠花史湘雲，第八白梅花李紈，第九李花邢岫煙，第十紅蓮花王熙鳳，第十一芍藥花薛寶琴，第十二綠梅花秦可卿。

《金陵十二釵副冊》

第一青蓮花妙玉，第二臘梅花鴛鴦，第三蘭花平兒，第四夫妻蕙花甄香菱，第五紫薇花李紋，第六丹桂花李綺，第七金桂花喜鸞，第八銀桂花賈四姐，第九牽牛花賈巧姐，第十菊花尤氏，第十一含笑花尤二姐，第十二碧桃花尤三姐。

《金陵十二釵又副冊》

第一芙蓉花晴雯，第二合歡花襲人，第三杜鵑花紫鵑，第四水仙花金釧，第五薔薇花玉釧，第六淩霄花瑞珠，第七荼蘼花麝月，第八秋海棠花柳五兒，第九寶相花彩雲，第十山茶花彩霞，第十一木香花碧痕，第十二鳳仙花秋紋。

這個名單，正冊中人對照《紅樓夢》原著，取消了妙玉和巧姐，換上邢岫煙和薛寶琴。大概「嫏嬛山樵」先生認為妙玉並非賈府中人或親戚，因而無權進入正冊吧。至於賈巧姐，因為年輩太小，故而打入下一輪。所更換的二人，邢岫煙和薛寶琴，要麼是賈府的親戚，要麼是賈府親戚的太太。經他這麼一改造，金陵十二釵正冊中人可就全部是同一輩分的「太太級」「小姐級」人物了。可惜又有一個例外，秦可卿雖然在「甲級隊」正冊裏年齡居中，卻是唯一的「小字輩」。不知道嫏嬛山樵先生何以不將她也「下放」到賈巧姐之流的「乙級隊」中去。

至於副冊、又副冊，除了曹雪芹「既定方案」中的香菱、襲人、晴雯以及從「甲級隊」下放的妙玉、巧姐而外，其他諸人都是鄉嬛山樵先生「想當然耳」！不過，大致上也想得八九不離十。當然，問題也是有的。第一，副冊人物身份太亂，既有太太，也有姨太太，還有賈府的姑娘和賈府遠房姑娘以及賈府親戚家的姑娘，甚至還有方外人，甚至還有不願意做姨太太的丫鬟……。第二，又副冊中的人都是「名」丫鬟，倒是相當整齊劃一的。只是也有例外，柳五兒是屬於沒有爬上去的那種。其他丫鬟的等級也有一定的差距。更何況彩雲和彩霞究竟是一個人還是兩個人，連曹雪芹在其未完稿《紅樓夢》中都還沒有最後「敲定」哩！

真是亂七八糟的「金陵十二釵」。

《紅樓夢》本來就夠複雜了，再加上這些「好事者」的「好事」，就把問題弄得更令人啼笑皆非、莫衷一是了。

如果不是工作需要，《紅樓夢》的續書最好不要去讀它。因為它可能會倒你的胃口，也可能會讓你稀裏糊塗，更有可能給你閱讀名著「幫倒忙」。

螃蟹的悲劇

從古到今，螃蟹都是美味佳餚。古人吃螃蟹不僅是為了滿足口腹之欲，還因為這是一種風雅的表現。且看：「卓嘗謂人曰：得酒滿數百斛船，四時甘味置兩頭，右手持酒杯，左手持蟹螯，拍浮酒船中，便足了一生矣。」(《晉書》卷四十九《畢卓傳》)

在那麼一個放任的時代，有那麼一位放任的文人，坐在放任的船上，喝著放任情感的飲料——「酒」，這是多麼放任的生活！然而，就在這一片放任之中，一個放任情感的食物——螃蟹也側身其間，成為這美麗人生舞臺的道具之一。

從此以後，在難以計數的詩文作品中，「右手持酒杯，左手持蟹螯」便成為許多文人現實生活的自畫像，或者是一種精神世界的自畫像。文人們以這樣一種「姿態」來表達著自己的遺世獨立、倜儻風流，表達著自己入世（口腹之欲）和出世（精神自由）的二者兼得。

一開始，螃蟹給人們的印象是極其美好的。美味、異形的結合，使它成為一種符號，高雅的符號。但是，好景不長。後來的文人又從螃蟹身上發掘出它的另一面——橫行與空虛。於是，螃蟹就漸漸成為文人們相互嘲諷的道具了。

宋．周密《齊東野語》中寫二士人作「螃蟹詩」相互嘲諷：

> 時賈收耘老隱居苕城南橫塘上，沈嘗以詩遺之蟹曰：「黃秔稻熟墜西風，肥入江南十月雄。橫跪蹣跚鉗齒白，圓臍吸脅鬥膏紅。蘆須園老香研柚，羹藉庖丁細擘蔥。分寄橫塘溪上客，持螯莫放酒杯空。」耘老得之，不樂曰：「吾未之識後進輕我。」且聞其不羈，因

和韻詆之云：「彭越孫多伏下風，蝤蛑奴視敢稱雄。江湖縱養膏腴紫，鼎鑊終烹爪眼紅。嘲稱吳兒牙似鍍，劈慚湖女手如蔥。獨憐盤內秋臍實，不比溪邊夏殼空。」（卷之十一《沈君與》）

這種嘲諷式的吟詠，使人情不自禁想起《紅樓夢》中大觀園諸人的「螃蟹詩」，不過那裡換成了怡紅公子、瀟湘妃子和冰雪美人對世情的嘲諷而已。

寶玉笑道：「今日持螯賞桂，亦不可無詩。我已吟成，誰還敢作呢？」說著，便忙洗了手提筆寫出。眾人看道：「持螯更喜桂陰涼，潑醋擂薑興欲狂。饕餮王孫應有酒，橫行公子卻無腸。臍間積冷饞忘忌，指上沾腥洗尚香。原為世人美口腹，坡仙曾笑一生忙。」黛玉笑道：「這樣的詩，要一百首也有。」寶玉笑道：「你這會子才力已盡，不說不能作了，還貶人家。」黛玉聽了，並不答言，也不思索，提起筆來一揮，已有了一首。眾人看道：「鐵甲長戈死未忘，堆盤色相喜先嘗。螯封嫩玉雙雙滿，殼凸紅脂塊塊香。多肉更憐卿八足，助情誰勸我千觴。對斯佳品酬佳節，桂拂清風菊帶霜。」寶玉看了正喝彩，黛玉便一把撕了，令人燒去，因笑道：「我的不及你的，我燒了他。你那個很好，比方才的菊花詩還好，你留著他給人看。」寶釵接著笑道：「我也勉強了一首，未必好，寫出來取笑兒罷。」說著也寫了出來。大家看時，寫道是：「桂靄桐陰坐舉觴，長安涎口盼重陽。眼前道路無經緯，皮裏春秋空黑黃。」看到這裡，眾人不禁叫絕。寶玉道：「寫得痛快！我的詩也該燒了。」又看底下道：「酒未敵腥還用菊，性防積冷定須薑。於今落釜成何益，月浦空餘禾黍香。」眾人看畢，都說這是食螃蟹絕唱，這些小題目，原要寓大意才算是大才，只是諷刺世人太毒了些。（第三十八回）

寶、黛、釵三人的《螃蟹詩》，從整體而言，都比宋代文人的詩要高出一頭。尤其是薛寶釵的那首，正如書中眾人所評「是食螃蟹絕唱」。為什麼呢？因為「小題目」寄寓了「大意味」。當然，說到底，這乃是曹雪芹的「大才」的體現。只可惜委屈了螃蟹，它在被人慢慢品嘗的同時又被人們狠狠諷刺，在被視為美味佳餚的同時又被當成鄙薄小人的載體。這真是螃蟹的悲劇！然而，對於廣大草民百姓而言，螃蟹的悲劇又恰恰給我們的一種審美愉悅。因為螃蟹幫助我們認識到了世道上的橫行者的空虛、無恥與可悲的下場！

然而，「螃蟹」在中國古代小說中最具悲劇意味的「際遇」還不在《紅樓夢》中，而是在一個無聊的文人寫的一篇無聊的作品之中。

這位無聊文人叫做周竹安，這本無聊的小說叫做《載陽堂意外緣》，作品產生於嘉慶二十五年（1820）。該書寫年方十九歲的書生邱玉壇兩次邂逅偷窺一美婦，後得知此婦實際上是他的從堂表姑尤環環，年已三十，早為人妻。這位色膽包天的書生，居然模仿唐伯虎（當然是小說作品中的唐解元），賣身為奴，進入意中人家中。後來果然與那位年長的長輩美婦勾搭成奸，並且「梅開二度」，順手勾搭上尤氏的貼身丫鬟悅來。而這一男二女在顛鸞倒鳳的間隙，居然也「持螯賞菊，把酒猜拳」地大俗大雅起來，甚至也弄出了關於「螃蟹」的聯句：

尤氏云：「菊綠橙黃霜滿天，江南水族定然鮮。三千堅甲橫行斷，」玉壇云：「十二新圖聯入筌。黃白俱宜薑作配，」悅來云：「尖團共與醋為緣。烹時須去螃蜞種，」尤氏云：「熟候應開翰墨筵。辨味直超蓴菜上，」玉壇云：「饒他合向菊花前。訝嗔怪物何其陋？」悅來云：「誤食饞夫信可憐。八跪曲如婢子膝，雙螯止得雅人涎。」尤氏云：「座中俱有東坡致，且喜床多買蟹錢。」（第九回）

這真是無聊作者的無聊作品的無聊人物的無聊聯句。螃蟹，作為高雅符號、作為諷刺載體的兩大高級功能完全喪失，僅僅十分可憐地回復到怪模怪樣的美味佳餚的原始狀態，並且陪伴著貼上「高雅」標簽的庸俗無聊和下流無恥的人們度過自己「屍身終結」的最後階段。

這才是螃蟹徹頭徹尾、徹里徹外、徹生徹死、徹靈徹肉的大悲劇！

順便說一句，螃蟹自己「悲劇」了還不算，在這裡，它居然還拉上已經相當「悲劇」的蘇東坡又「悲劇」了一回。君不見尤氏有句云：「座中俱有東坡致」嗎？

（《閒書謎趣》，河南人民出版社，2010 年 4 月出版）